かくりよの宿飯　七

あやかしお宿の勝負めし出します。

友麻　碧

富士見L文庫

目次

かくりよの宿飯 登場人物紹介

天神屋

あやかしの棲まう世界"隠世"の北東に位置する老舗旅館。鬼神の采配のもと、多くのあやかしたちで賑わい、稀に人間も訪れる。

大旦那

隠世の老舗宿「天神屋」の大旦那で、多くのあやかしの尊敬を集める鬼神。葵を嫁入りさせようとしたが、真意は見せないまま、彼女の言動を見守っている。

津場木 葵

祖父の借金のカタとして「天神屋」へ攫われてきた女子大生。大旦那への嫁入りを拒み、持ち前の料理の腕で食事処「夕がお」を切り盛りしている。

雪女　仲居 お涼

土蜘蛛　番頭 暁

九尾の狐　若旦那 銀次

白沢　お帳場長 白夜

化け狸　春日

手鞠河童　チビ

折尾屋

南の地で営まれる、天神屋のライバル宿。

天狗　葉鳥

狛犬　旦那頭 乱丸

かくりよの宿屋に泊まりけり

――津場木史郎

絵：Laruha

第一話　夜間飛行

『葵(あおい)。僕は君を、必ず妻にする。僕は、君を……心から、尊敬しているんだ』

そう言い残した大旦那(おおだんな)様の言葉が、その時抱きしめられた温(ぬく)もりが、今になって鮮明に思い出される。

あの時、大旦那様越しに見た闇は、何？

それが今も私の目を曇らせ、心を掻(か)き乱す。

今までこんな気持ちになったのは初めてだ。

私は……大旦那様の、いったい何を守れるというの？

「大旦那様が妖都(ようと)に行ったまま天神屋(てんじんや)に戻らない。雷獣(らいじゅう)の策略によって、その座を降ろされそうになっているのだ。事態は深刻。このままでは、雷獣に天神屋を乗っ取られるぞ」

白夜(びゃくや)さんが扇子をピシッと閉じた、その音でハッと意識を取り戻す。

天神屋では大広間にて、ちょうど会議が開かれていた。

私、津場木葵は、幹部やその他の従業員たちの集う大会議室の、銀次さんの隣の席で、ただ彼らの会議の行方を見守っていた。

「そこで、ひとまず私が妖都へ赴こうと思う」

この場の話を進めていたお帳場長。白夜さんは、ポンと扇子を手のひらに打ち付け、自らが妖都に赴く提案をした。

「そんな！　こんな時にお帳場長殿までいなくなるなんて！」

「行かないでくださいよう、お帳場長様〜」

「ええい、いつもは目の上のたんこぶみたいに思ってるくせに、都合のいい時だけ甘えるな！」

天神屋のお帳場の面々が泣き言を言うも、白夜さんにピシャリと突き放される。

「ゴホン。とにかく、確認するべきことが、いくつもあるのだ」

一つ。大旦那様の安否と、現状。

二つ。大旦那様がなぜこちらと連絡が取れない状況に陥ったのか。

三つ。大旦那様をそのような状況に陥れた者たちの、陰謀。

状況によっては、ここからさらに複雑な因縁を孕むのだろう、と白夜さんは告げた。

「おそらく大旦那様は、救いようのない天下のバカ者〝雷獣〟のせいで、こちらと連絡が取れない状況にあるのだろう。まずは妖都で、行方の分からぬ大旦那様に関する情報を集める。お庭番長のサイゾウ殿とも連絡がつかないのだ。一緒におられると良いのだが……

なんにせよあの二人が天神屋に帰れない理由はあるはずだ」

そして白夜さんは、視線を天井に向ける。

「妖都にて起こった事件だ。宮中の連中の動きも気になる。お庭番からサスケ君の力を借りたい」

ご指名のあったサスケ君は、天井の隙間から顔を出し、淡々と「了解でござる」と。

誰もつっこまなかったので、多分あそこがサスケ君の定位置なのだろう。

「確かに……妖都で情報を集めることができるのは、かつて妖都の宮中にて、妖王の重臣であったお帳場長殿以外にはおりますまいが」

「しかしやはり、いささか不安だ」

「いったい誰が、この天神屋をまとめるというのか」

誰もが動揺し、不安な思いを隠せない。

常に天神屋には、大旦那様か白夜さんのどちらかが居たからだ。

「私が居ない間の天神屋をまとめるのはもちろん、若旦那である銀次殿だ」

銀次さんは自らの名を挙げられ、もともと伸びた背筋を、いっそう伸ばす。

「君は何度も大旦那様の留守を任されてきた身だ。その上で、うまくやりこなしてきた」

「し、しかし、私では……」

「やれぬと申すか、銀次殿」

白夜さんの淡々とした視線、銀次さんの複雑な視線が交わる。

「……いえ。今はそのようなことを言っている場合ではありませんね。わかりました。留守はお任せください、お帳場長殿。大旦那様が無事にお戻りになるまでの間、私が天神屋を背負い、守ります。きっとそれが、今回の私の役目です」

銀次さんは誰より早く、覚悟を決めたような凛々（りり）しい表情になる。

彼の言葉に、他の従業員や幹部たちの散漫した空気も、徐々に集中したものになっていった。

戸惑ってばかりいては、何も解決しない。

銀次さんの覚悟に、誰もが引っ張られたのだ。

やっぱり、銀次さんは少し変わった気がする。頼もしいだけでなく、その中にある強さを感じずにはいられないのだ。

白夜さんもまた、彼の姿を前に満足げに目を細めた。

「銀次殿。君は元々有能な若旦那ではあったが、我々とはどこか一線を引いたところがあった。しかし折尾屋（おりおや）の一件があってから、随分と天神屋の丸天を背負うにふさわしい男になってきたな」

珍しいほめ言葉に、一同が「おお～」と。銀次さんは少し恥ずかしそうに顔を赤くしてしまっていたが、ごほんと咳払いをすると、話を進めた。

「しかしお帳場長殿。それでもやはり、人手不足です。天神屋の営業形態を、多少変えるべきでは」

「確かにな。私が妖都に行ったところで、まめに連絡を取れなければ意味がないし、何かと人手が必要になる。働き者であった春日君もいなくなったばかりだ。天神屋での営業を無理のない範囲で行うよう、調整しよう。年末で書き入れ時ではあるが、満足度が下がると後々大きな打撃を受けるからな」

そんな中、手をあげて発言したのは、番頭の暁だった。

「あの、お帳場長殿。それでは五日後に始まる予定だった〝宙船夜間飛行〟の企画はどうなりますでしょう」

宙船夜間飛行。それは日没を合図に天神屋から出航し、妖都へと向かう空のナイトクルーズのことで、夜景や催し物、限定の酒や天神屋の食事を気楽に楽しむことができる。宴会施設でもあり、妖都で働く者たちの忘年会にも利用される、毎年十二月になると催される定番のイベントらしい。

銀次さんは手を顎に当てて、何か思いついたような顔をしていた。

「……宙船夜間飛行。そうだ、その手がありましたね。確か、宙船夜間飛行は、妖都の空を飛ぶのではなかったですか、暁」

「ええ若旦那様。妖都の夜景を甲板から楽しめる、人気のイベントです。今年は天神屋最新の豪華宙船〝星華丸〟が初お披露目ということもあり、例年以上の規模で展開する予定でした。十二月の間は、星華丸が妖都と鬼門の地を行き来します」

「ならばその企画に乗じ、我々は難なく妖都と鬼門の地を行き来できるではないか。情報も逐一伝えられる」

白夜さんは素早くその企画と今回の議題を繋ぐ。

「もう数日もすれば、大旦那様のことは各八葉にも伝わる。これを機にこちらの失墜を狙う者、大旦那という椅子の首が雷獣にすげ替えられては困る者と、動きを見てどちらに寄るか見極める者、色々といるだろう。このひと月は情報戦だ。皆心して行動するように」

そして幹部たちそれぞれに、指示を出す。

若旦那である銀次さんには、一時的に天神屋のトップに立ち天神屋を守りつつ、縁のある南の地とのコンタクトを取ること。

番頭の暁には、銀次さんのサポートをしつつ、天神屋の顔としてお客様の満足度を下げぬよう努めること。

下足番長の千秋さんには、通常の下足番の仕事の他に、北の地と北西の地に協力を仰げないか交渉を試みること。北の地には姪の春日が嫁入りをしていて、北西の地は千秋さんの母が八葉の肩書きを持っているからだ。またこことも繋がることができれば、必然的に右大臣の後ろ盾ができる。ある意味で、今回最も大変な役回りである。

湯守の静奈ちゃんには、湯殿の管理を徹底するように言いつけ、また「例の薬」の完成を急がせてすまないと、何やらこちらには分からない話をしていた。

一つ目の女将と若女将の菊乃さんには、人手が不足し、いつも以上に忙しくなりそうな天神屋の仲居たちの管理を指示し、今日からもう業務に取り掛かるよう指示。

しかし、二人と共に部屋を出て行こうとした元若女将のお涼を、白夜さんは「ちょっと待て」と引き止め……

「お涼君。君には星華丸の仲居長として、今月は天神屋本館ではなく、星華丸に搭乗してほしい」

「はあ？　なぜ私が？　なんだか都落ちみたいで嫌ですわ。私は本館に残りますから、若女将である菊乃さんに任せては？」

「お、おいお涼……っ」

失うもののないお涼は、白夜さん相手にこのふてぶてしい反応。

隣にいた暁は青ざめてハラハラしている。白夜さんはイラッとしているが、口元に扇子を当て淡々と続ける。

「君にとっても悪い話ではないと思うが？　星華丸に配属される仲居の長とは、権限は若女将と同等。結果を出せば、のちの出世への好機だ」

「あー。そういうのもういいっていうか。私、責任のある立場から逃れて、その気楽さを気に入っているというか」

「ちょっとお涼！　春日に若女将になるべきだって言われたばかりなのに」

「何言ってんの葵。出て行った春日の要望を、なぜ私が聞かなきゃなんないのよ」

お涼は相変わらずだ。私が何か言っても、やる気を微塵も見せない。

春日が嫁いだ日は、どこか決意のようなものを感じたのに……

「これで私は君の力を評価しているのだお涼君。しかし君にやる気がないのであれば仕方があるまい」

白夜さんはぴしゃりと扇子を閉じ、悪い顔をしてある提案をした。

「星華丸には妖都の貴族や役人たちがこぞって集まる。忘年会なんかでな。ちょっと気を利かせたところを見せれば、普段は近寄れぬ高貴な者たちと、知り合いになることも可能だと思うが？　それは出会いの、玉の輿の機会ではないのか？」

「はいはい。やりますやります！」

変わり身の早いお涼。お涼は絶賛婚活中なので、白夜さんはそこに付け込んだ形だ。

隣の暁、白目を剝いてドン引きしていた。

お涼のことが解決したところで、白夜さんはまた目の端を光らせる。

「ゴホン。それと、幹部の自覚のない面をしている開発部長の砂楽」

「ぎく」

「大旦那様はお前を、あの地下工房で自由気ままにさせているが、今回はそうもいかないぞ。お前は地下から出て、私の代わりを務めろ。若旦那殿や番頭殿はお前よりずっとしっかりしているが、しかしまだ若い。長年天神屋に勤めたお前が必要な時がある」

「わ、わかってる、わかってるよ白夜～。うんうん、私もいよいよ日向の世界に……はあ」

砂楽博士はサングラスを押しあげながら、あからさまに肩を落とした。

「しっかりしろ砂楽。お前も私と同じ、天神屋の創設メンバーの一人だろう」

「私は縁の下の力持ちが性に合ってるんだよ～っ。接客業なんてもってのほか！」

「お前に接客業など期待していない。お前は知恵を絞り、重石としてどっしり構えていればいいのだ」

確かに、あの砂楽博士に接客業が勤まる気がしないが……

しかし幹部たちは、天神屋にはまだ砂楽博士がいたのだと、そのことを今更思い出したかのような反応をして、少し心強く感じているようだった。

「……わかったよ。あの大旦那が天神屋の大旦那でなくなったら、私だって嫌だからね」

砂楽博士が長い髪を撫でながら、そんな言葉をぽそっと零したのを、私は聞いた。

創設メンバー、か。

やっぱり彼らの存在は、天神屋の中でも特別なんだろうな。

他の幹部や、幹部に準ずる者たちに、それぞれ役目や頑張りどころを示していった白夜さん。各々が士気のようなものを高めていた一方、私はさっきから、蚊帳の外だ。

「ところで、珍しく大人しい葵君」

「は、はいっ⁉」

白夜さんに声をかけられ、肩を上げて裏返った返事をしてしまった。

天神屋の幹部たちが、一斉に私の方を向く。

こんなにたくさんの視線を浴びるのはいつぶりだろう。

なんだか、最初にここへ連れてこられた時のことを思い出してしまった。

「このような事態に巻き込んでしまってすまないが、君にも少し提案したいことがある。夕がおの営業を、一時的に星華丸で行うことは可能だろうか」

「……え。その、出張営業ということ、ですか？」

「まあそんなところだ。十二月の間は中庭の営業ではなく、宙船の上で料理を振舞ってほしい。主に平日を選び、週に二日、三日程がいいだろう」

「平日、ですか？」

「宿泊施設ではないので、退勤後に酒と夜景を楽しみにふらりと寄ってくる者もいるからな。葵君の飯は、むしろそういった者たちを狙ったほうがいい。休日前の金曜なんかは稼ぎ時だな」

「なるほど。確かにそれは面白いですね」

私より先に、銀次さんが目を輝かせ乗り気である。体も前のめりだ。

「宴会料理とは違い、ふらりと訪れてつまめる軽食がいいでしょうね。甲板に席を設けるので、そこで夜景を楽しみながら」

「そういうわけで、葵君。君には星華丸、そして妖都での活動も視野に入れ、準備をしておいてもらいたい。文字通り忙しい師走になるだろうが、踏ん張って欲しい。それに、君には他に、協力して欲しい案件もある」

「協力して欲しい案件……って何？」

白夜さんは疑問だらけの私に、「おいおい連絡する」とだけ。

今その件を言うことはなく、また細々とした指示を他の幹部達に出していた。

指示を受けた者達が、緊張感を保った面持ちで、次々に大広間を出て行く。

私だけがいまだ戸惑い、状況の変化に順応できずにいる。

大旦那様は無事なのだろうか。

ただ料理を作るだけが取り柄の私。

何をすれば良いのか、何ができるのか、全く見当もつかない。

「我々もそろそろ行きましょう、葵さん」

時間はあまりないみたいだ。宙船夜間飛行の意味合いが変わり、一刻も早く準備に取り掛からなければならないのだろう。

「え、ええ」

だけど私は廊下で、一度立ち止まる。

「ねえ銀次さん。私は本当に軽食を作っているだけでいいの？　大旦那様の居場所は、天神屋はそれで、本当に守れるのかしら。私、私……」

「……落ち着いて下さい葵さん。大旦那様はきっと大丈夫ですよ」

銀次さんは私の焦りを感じ取ったのか、振り返ってそう声をかけてくれる。

ただ、私の表情を見て、彼は少し驚いていた。

「珍しいですね、葵さんがそのように弱気なのは」

「……え？」

「あなたはいつだって逞しく、何事にも健気に、強気に向かっていった。どんな逆境であっても、前向きに挑んでいた。それなのに……」

私は目をじわりと大きく見開いた。

そうだ。私、なぜこんなに落ち着きがなく、ずっとずっと弱気なんだろう。

「それだけ大旦那様のことが、大事で心配なのでしょう」

「えっ、そ、そんなこと……っ」

顔の前で手をブンブンと振ると、銀次さんはクスクス笑って、しかしやがて、音もなく小さく息を吐く。

そして真面目な顔つきに戻って、彼は私にこう言った。

「あなたのやるべきことは、まずは何よりお料理です。そこにブレなどなく、だからこそ白夜さんはあのような指示を出したのです。あなたのお料理は〝あやかしの心を暴く〟。それは、大旦那様を助け、天神屋を守るきっかけとして力を働かせるのではと、白夜さんは考えているのだと思います」

「……きっかけ？」

「ええ。私はあなたのお料理が、困難を突破する役割を果たしてきたところを、何度も見てきました。今回の件でも、あなたのお料理が繋げていくものはきっとあります。ですから、まず大旦那様のことは他の者たちに任せ、星華丸の上でお客様に楽しんでいただけるお料理を、共に考えましょう。あなたのやるべきことは、あなたのお料理が、きっと教えてくれますよ」

銀次さんは諭すような語り方だった。

私のやるべきことは、私の料理が教えてくれる……

その言葉に、私はやっと落ち着きを取り戻す。

焦りを募らせたところで、今回私にできることは、これしか無いということか。

「わかったわ、銀次さん。私、まずは星華丸で楽しんでもらえる軽食を考えてみる」

「ええ、その意気です、葵さん」

銀次さんは強く頷(うなず)いた。

さっきも感じたけれど、銀次さんはここ最近、本当に頼もしく見える。

元々優しくて頼りになる若旦那だったが、最近はその背中が大きく見える時があるのだ。

やっぱり、あの折尾屋での一件が、銀次さんを大きく変えたのだろう。

まるで、大旦那様のようだ……

「あ、そうだわ銀次さん。私、大旦那様から鍵(かぎ)を預かっていたの」

紐(ひも)をつけて胸元に納めていた、黒曜石の鍵を取り出す。

紐の先で、ゆらゆらと揺れる鍵を、銀次さんはまじまじと見た。

「この鍵ですか？」

「ええ。大旦那様が最後に夕がおに訪れた時にね、大旦那様について何か知りたいことがあったら、この鍵で開くものを探せって。銀次さん、何か知ってる？」

「……いえ、私に覚えはありませんね。しかし、天神屋内で探してみようと思います。大旦那様が残したものなら、きっと意味があると思うので」

銀次さんの言う通り、私にもこの鍵が、何か意味のあるものに思えて仕方がなかった。

大旦那様は、予感していたのではないだろうか。

自身と天神屋に起こる未来を……


いったん夕がおに戻り、その日の営業を滞りなく済ませ、その後、私と銀次さんは星華丸でどのように軽食を提供するか、またメニューはどうするかを考えた。

「ねえ、ワゴン販売のような形式はどうかしら。あ、ワゴン販売っていうのは、調理設備の整ったワゴン車でお料理を提供する屋台よ。お料理を、その日その日のテーマに沿って、メニューを絞って日替わりで提供するの。例えば……ある日は麺もの、ある日は丼もの、あとは……ちょっと博打だけど手作りハンバーガーとか」

「ああっ、それいいですね！　日替わりでお料理のタイプを変えるのであれば、調理の負担は少なそうですし。それにハンバーガーも、決して受け入れられないものではないと思いますよ。なんせ、最近妖都ではパンが浸透しつつありますから。葵さんの焼いたパンで和風のハンバーガーにできると、美味しそうです。それに話題になりそう、というのが一番大きいでしょうかね。地方のあやかしに比べて、妖都のあやかしたちは新しいものや異界から入ってきたものに興味を示すところがありますから」

　銀次さんは手帳にメモを取りながら、少年のようなわくわく顔になっている。

こういう時でも、銀次さんらしい。

私も徐々に調子が出てきた。

「鬼門の地の〝食火鶏(ひくいどり)〟は絶対使えるだろうし、照り焼き味のバーガーなんかはきっとあやかしも大好きだしね。あとは……白身魚のフライを挟んでも美味しいわ」

「いいですね。せっかくなので、飲み物にもこだわりたいですね」

「そうねえ。天神屋の炭酸水を使って、何か飲み物ができたらいいと思うのだけど。でも真冬の空だからなあ」

「心配には及びませんよ。炭酸水が豊富にとれる鬼門の地では、冬に温かな炭酸水を飲むこともありますから」

「……温かな炭酸水？」

なにそれ？　という顔をした。そればかりは、私は飲んだことがないものだったからだ。

「美味しいですよ。りんごの果汁とレモン汁とはちみつを温めた炭酸水に溶かしたものは子供に人気です。私の場合、温かな炭酸水で酒を割ることもありますから。少々炭酸が抜けてしまいますが、逆に飲みやすく、とても体が温まるんです」

「へええ。それちょっと興味あるかも」

「飲んでみますか、温かい炭酸飲料」

銀次さんがすぐに立ち上がり、カウンターの内側へと消えた。カウンターを覗(のぞ)き込むと、ごそごそと棚を探り、鬼門の地の炭酸水の瓶を一本、そして土産屋に置いている〝ろくちやんの冬みかんジュース〟を取り出す。

「今日は私が、葵さんにオススメの温炭酸を作りましょう」

「ほんと？　嬉しいな〜」

私はワクワクしながら、その作業を見ていた。

銀次さんは小さな鍋を取り出し冬みかんジュースを注ぎ、それを火にかけジュースが温まったら、ひとさじのはちみつと炭酸水を加える。一混ぜして出来上がり。

とっても簡単。鍋で作る熱々の温炭酸ドリンクだ。

湯気にこもったみかんの香りにときめく。銀次さんはおたまでそれを掬い、焼き物のお椀に注いだ。

「さあ、どうぞ。今日は色々とあってお疲れでしょうから、甘めに作りました。これは私からの労いです」

「……ありがとう。銀次さん」

銀次さんも、きっととても疲れていると思うのだ。

それなのに、こんなにも気を遣ってくれる。

私はありがたく、その温炭酸を飲んでみた。熱い一口の中でかすかに弾ける炭酸は、冷たくキリッと喉を刺激するものとはかなり違う。

確かに炭酸の刺激は薄らいでいるが、細かな泡が舌を転がるのをじわじわ感じるというのも、また趣がある。

「甘みと味が濃い気がするわ。体の奥から温まる……素敵ね、温炭酸」

「お気に召していただいてよかったです」

「うん、頭が冴(さ)えてきた。糖分ってやっぱり必要ね」

というわけで、温炭酸で体を温めながら、再び星華丸で料理を振舞う形式を語り合う。

ワゴン販売、ハンバーガー、温炭酸……そんな風に入口が見えれば、どんどんアイディアも出てくる。

「そもそも今までワゴン販売で話を進めてきたけど、ここは隠世(かくりよ)だし、やっぱり屋台風になるわよね。車も無いし。ハンバーガーは屋台の雰囲気に合わないかしら」

「んー……よくある屋台や出店風なのは簡単ですが、私はやはり、現世(うつしよ)風のワゴン販売をやってみたいですね。新しいもの好きの妖都の住人を驚かせたいですし。いえ、問題は無いと思いますよ。地下工房の砂楽博士に頼んでみたら、案外すぐに用意してもらえるかもしれません。まあ、私にお任せください」

銀次さんがあっさりと言ってのけたので、調理販売をするワゴン車に関しては、とりあえず銀次さんに任せておく。

さて、引き続きメニュー考案だ。

ハンバーガーはお客が最も訪れる初日に出してみようとなったのだが、出張店のメニューは日替わりにしたい。他には何がいいかしら。

「銀次さん、聞いておきたいことがあるんだけど、妖都って特産物はあるの？　ほら、ここなら食火鶏、南の地なら海産物や極赤牛やマンゴー、北の地なら酪農製品があるじゃない？　そういう感じの」

妖都のお客さんもたくさん訪れるだろうということで、その土地の名産物があるのならと思っていた。銀次さんは少し考え込んで、

「妖都は大都会なので、畜産業はほとんどされておりません。また内陸にあるため、海産物が獲れるというわけでもなく。ただ妖都を囲む農村地帯では、古くから多くの野菜が栽培され、それは〝妖都野菜〟として都料理に欠かせないものとなっています。鍋料理やお漬物、宮廷料理など、ですね」

「妖都野菜……へえ、京都の京野菜みたいね」

「あと、お豆腐が古くから食べられていたので、お豆腐のお料理もたくさんあります」

「ああ、そうだったわ。妖都の料亭で働いてた折尾屋の双子も、お豆腐料理が得意だって言ってた。彼らが作った湯葉はとても美味しかったもの」

「あ……今思うと、それでお豆腐がお好きなのかもしれませんね……」

銀次さんが何か思い出したように、ぽそっと。

「何の話？」

「え、ああ。お帳場長の白夜さんのことです。あの方、お豆腐がお好きなんですよ。なんと言いますか、らしいですよね」

「へぇえ。でも確かに、らしいわね」

天神屋で働く前は、宮中で役人として働いていた白夜さん。

都料理のお豆腐をよく食べていたのなら、お豆腐が好きなのも理解できるし、何より白夜さんらしい。白いし。

「葵さんのお料理は、土地の素材を生かしつつ、気軽に食べられる身近な味が魅力的ですから、妖都野菜やお豆腐も、思う存分生かし尽くしてください。こちらが勝手にやっていれば、いずれ向こう側から、夕がおとコラボしたいと言ってくるかもしれないですし」

「コラボ……」

「現に、南の地の折尾屋からはいくつか話がきています。今売り出し中のアボカドを、うまく料理にして知名度をあげてほしい、と。そのために契約期間内であればいくつでも無料でこちらに提供してくれるとか」

「うそっ、何それ最高じゃない！　だってアボカドはハンバーガーにも、サラダにも使えるもの。隠世では貴重だし！」

「ええ。その代わり南の地の特産物であることをしっかり明記してほしいと。それと極赤牛もよろしく頼む、と」

「……そういうとこ、ぬかりないわね、あっちも」

南の地は暖かい土地で、冬でも温室栽培すればアボカドが沢山穫れるのだとか。

しかしアボカドに合う、これといった料理を上手く生み出せていない、とのことだ。

こういう時に、現世育ちの私に話が来るのはありがたい。折尾屋とは前に色々あったけれど、あれ以降、少しずつ歩み寄っている気がする……

それから五日の間。

私たちは夕がお営業の合間を見て、急ぎ星華丸での出張営業の準備を進めたのだった。


星華丸が日没前の空に舞う。

そう。今日は天神屋の新しい豪華遊覧宙船〝星華丸〟のお披露目の日。

その船の甲板には、すでにそれが備わっていた。

「わあ、凄い凄い！　ていうか本当にワゴン車ね」

それは夕がお宙船出張店〝夜ダカ号〟と名付けられた。

ワゴン販売といっても、さすがに手押し車での販売だろうと思っていたのだけれど、銀次さんは本物の大きなワゴン車を用意してくれたのだった。

「妖都では現世の車自体珍しいですから。やはり見栄えがかっこいいですね車は」

「ねえ銀次さん、これどこにあったの？」

「地下です。天神屋の地下倉庫に、古いワゴン車があったのを思い出したのです。研究材料として現世より持ち帰ったものだったので、砂楽博士に許しをいただき、今回こうやって使わせていただくことになりました」

しかもそれを、地下工房の砂楽博士と鉄鼠たちが改造して、簡易な調理設備を設置してくれたみたいだ。

シンプルな紺色のボディに、白い夕がおの花を咥えた黄色い夜鷹が描かれていて、側面が販売ブースとなっている。無理やりくっつけた赤い唐傘と、鬼火を灯した赤い提灯のおかげでちょっと和風の趣を感じられるのがポイント。

現世のワゴン車と、隠世のモチーフをくっつけたせいで、かなり不思議な存在感を放っている。しかもこれが、全力で和風の宙船の甲板にあるときた。

「ふっふ〜。前に現世から持って帰った中古のワゴン車、取っておいてよかった〜。使い道がないからずっと倉庫で埃かぶって眠ってたんだけど〜」

これを作るべく二日は寝ていないらしい砂楽博士が、長い髪を三つ編みにしながら自慢げに語る。

「ありがとう砂楽博士。とても素敵よ。きっとお客さんも面白がってくれると思うわ」

「このくらい、お安い御用さ嫁御ちゃん。皆で協力しあって、大旦那様の行方を探さなきゃいけないんだから。というわけで私は寝るよおやすみ〜。ぐー」

その場でバタンと倒れて、ぐーぐー寝息を立て始める砂楽博士。

そんな博士を、つなぎ姿の鉄鼠たちがお布団に包み込み、そのまま担いで船から降ろす。

つっこみどころ満載な一幕だったが、砂楽博士は相変わらず自由ということで。

「では葵さん、夜ダカ号での営業、健闘を祈っております」

「ええ銀次さん。任せておいて」

日没を境に、天神屋の宿泊客たちが船に乗り込み、銀と金の鬼火を引き連れた冬仕様の宙船は妖都へと動き出す。

銀次さんは天神屋を守り、私はこの〝夜ダカ号〟で頑張る。

今夜は、あやかしたちに美味しいハンバーガーを振舞うのだ。


甲板は銀と金の鬼火が浮遊しているせいもあり、思っていたより寒くない。

そこには高床の畳の休憩所がいくつも設けられ、各々が好きなように休み、軽食をとったり酒を飲んだりしながら、外の空気に触れ、星空や夜景を堪能することができる。

「いらっしゃいませーいらっしゃいませー美味しい現世のハンバーガーありますよー」

雑用係の子鬼たちが〝夕がお宙船出張店・夜ダカ号〟の看板を持って、甲板を練り歩く。

ハンバーガーの呼び子をしてくれているのだ。

私はワゴンの内側で、アイちゃんが受けてくれた注文のハンバーガーを、せっせと作っている。

本日のメニューは、主に三種類。

《一》〝夕がお唐揚げバーガー〟

食火鶏のピリ辛ジューシー唐揚げを、しゃきしゃきした千切りキャベツと挟んでます。

《二》〝天神フィッシュバーガー〟

白身魚を竜田揚げにして、たっぷりのタルタルソースを一緒に挟み込み、レモン果汁を搾った爽やかな一品です。

《三》〝夜ダカ号チーズバーガー〟

王道ハンバーガー。極赤牛を使用した肉肉しいパテと、厚切りアボカド、トマト、北の地の新鮮なチーズを挟みました。

具材を挟むパンの部分〝バンズ〟は、あらかじめ夕がおで焼いておいた、軽くて柔らかめのもの。

注文を受けてから、断面のみ軽くトーストし、香ばしさを引き出してからハンバーガーに調理する。これを、今回急いで特注した、専用の包み紙で包んで、やはり手づかみでガブッと食べてもらうのだ。

現世のハンバーガーショップのように、単品ではなくセットで頼めば、フライドポテトもしくはオニオンリング、アボカドと小エビのカップサラダが付け合わせでついてくるのと、このワゴンの隣で展開されている酒屋台で、飲み物を少し安く購入できる。

隣の酒屋台は、酒に詳しいトカゲ夫婦の担当だ。二人とも天神屋と取引のある酒屋の跡取り夫婦で、今回天神屋と提携し、ここで売るお酒を前々から準備していた。

彼らの提供するお酒の他に、通常の冷たい果実ジュースやお茶、おすすめで温かい炭酸飲料や甘酒もある。

またお酒がメインでおつまみがほしいあやかしのために、揚げたて唐揚げや、白身魚の竜田揚げ、枝豆などの単品も用意した。

「葵さまー、夕がお一、天神一、夜ダカ二、です～」

「はーい、アイちゃん」

それにしても、スピード勝負のワゴン販売は大変だ。いつもは銀次さんが一緒にやってくれるが、今回銀次さんは天神屋全体を任されているため、夕がおの手伝いはできない。

アイちゃんがすでにしっかり者の相棒なので、なんとか回っている。

調理したお料理を運ぶ子鬼や、ここに配属された仲居たちも、夜ダカ号と同じ紺の着物を纏って元気よく接客をしてくれた。

初日ということもあり、お客さんが多い。さらには夕がおの出張店で、現世のお料理要素の強いハンバーガーというだけあって、興味深く注文してくれる。

いかにもハンバーガーらしい、夜ダカ号チーズバーガーが人気みたい。

「ふう。一息」

「まだですよ葵さま。今から妖都の上空で空中停止します。そしたら、妖都の貴族たちが一斉にこの船の施設を利用しにくるんですから」

「はあ……そうだったわね、アイちゃん」

お客の列が途絶えたところで軽く休憩を取っていたが、アイちゃんが言っていたように、その後、小舟に乗ってここ星華丸までやってくる妖都のお客の多いこと。

いかにもセレブっぽい、着飾り気取ったあやかしたち。

今までの忙しさとは比べ物にならないくらい、私は目まぐるしくハンバーガーを作った。

ひたすらハンバーガー製造機だった。

「はあ〜終わった終わった」

真夜中の零時。

ラストオーダーを終えた夜ダカ号の内側で、私は凝った肩と首をぐるぐる回していた。

後一時間ほど妖都に止まってから、この星華丸は天神屋へと帰港する。

「あのー、葵さまー」

そんな時だ。アイちゃんがぐったりした私の肩をつつき、こそこそと声をかけてきた。

「ラストオーダー後ですが、お客様が一人お見えになりました。お断りしますか？」

「え？」

顔をあげると、カウンターの前に男性客が一人、ポツンと立っていた。

その出で立ちは少々怪しい。分厚く着込んだ羽織とマフラーに、黒い帽子をかぶってい
て、目元を隠すサングラスと、風邪気味なのか口元に大きなマスクをつけている。

どんなあやかしなのかさっぱりだ。あからさまな変装だが、あやかしたちがよくつけて
いるお面ではダメだったんだろうか……

「失礼。やはりもう、注文は受け付けられないだろうか」

その声は若々しく、マスク越しでもとても通りが良く、涼やかだった。

「大丈夫ですよ。ご注文は何にしましょう」

私は笑顔で直接受け付ける。食材にはまだ余りがあるからね。

その人はメニューを見て少しだけ首をかしげる。

「ここで目新しい料理が食べられると聞いて、隙を見て飛んできたのだが。うむ。やはり

いかにも奇怪な料理だ。はんばーがー……これはいったい何かな」

「ハンバーガーは、確かに隠世では不思議なお料理に映るかもしれませんね。パンはご存じですか？」

「うむ。前にアンパンを試食したことがある」

「実は同じようなパンのお料理です。ただしアンパンと違って、こちらは甘くない惣菜（そうざい）パンですが。パンにお肉や野菜を挟んでいるんです」

私は三種類のハンバーガーのおすすめポイントを説明した。

「〝夕がお唐揚げバーガー〟は、鬼門の地の食火鶏をカラッと唐揚げにして、ピリ辛のお醤油（しょうゆ）ダレを絡ませたものを、キャベツの千切りとともにパンに挟んでいます。とても食べ応え（ごた）がありますよ。和風の味付けなので、王道を好む男性のお客様に好んで注文していただいた印象ですね」

「ふむふむ」

「こちらの〝天神フィッシュバーガー〟は、白身魚の揚げものを挟んだバーガーです。竜田揚げ独特のサクサク感と、中の白身魚のふんわり感がたまりません。現世の調味料であるマヨネーズと卵で作るタルタルソースをたっぷり挟み、レモン果汁を搾った爽やかな一品です。一度食べ、お土産としてお持ち帰りで買っていかれる方もいらっしゃいました」

またふむふむ、と顎（あご）を撫（な）でながらこちらの話を熱心に聞く、厚着のお客さん。

「最後の〝夜ダカ号チーズバーガー〟は、もっとも現世らしい、ハンバーガーらしいかもしれませんね。極赤牛を使用した平たい肉団子に、南の地のアボカドと、北の地のチーズを挟んでいます。味付けは、お手製トマトケチャップです」

「チーズは知っているぞ。妖都の貴族達の間でも人気と聞く」

「ええ。最近チーズを使用したお料理やお菓子が流行りつつあるらしいですね。天神屋でも〝地獄まん〟という、チーズ味のお饅頭をお土産に出しているんです」

「それ……献上品として以前食したことがあるぞ」

「えっ、食べたことあるんですか？　美味しかったですか!?」

「え、あ、ああ……」

勢いよく尋ねたので、その人は頷きながら、少しのけぞった。

あれ、実は私が開発したんですよ……ふふふ。

「では、どのハンバーガーにしますか？」

「どれがハイカラだろうか？」

「そ、そうですねえ。ならこの〝夜ダカ号チーズバーガー〟がオススメでしょうか。ハイカラかどうかわかりませんが、ハワイアンではあるので」

「ならばそれにしようか」

その人は注文をして待っている間、一番近くの席に座り、背中を丸めてぼけーっと空を見上げていた。

なんだか少しお疲れのように見える。お仕事のあとなんだろうか。

もう甲板で食事をしているものはほとんどおらず、誰もが恋人や家族と夜景を見ていたり、すでに中の娯楽施設を楽しんだりしている。

その人だけが、やはりポツンと座っていたので、私は作ったチーズバーガーをバスケットに入れ、ポテトやオニオンリングもちょこっとおまけし、りんご生姜温炭酸を隣の酒屋台で受け取ってから、急いでそのお客の元へ持っていった。

「お待たせしました」

「ああ、ありがとう」

「お仕事の後ですか？　りんごと生姜を煮詰めた温かい炭酸飲料は、体の疲れを癒してくれると思いますよ」

その人はまず、茶碗に注がれた温かい炭酸をまじまじと見てから、ぐっとそれを飲む。

温かい炭酸は柔らかなしゅわしゅわ感が心地よく、またりんごの芳醇な香りと甘みはより強く感じられるし、生姜は体を温めてくれる。

「ふう……なんだか心の落ち着く味だな」

「ふふ。お仕事の後は特に効果的かと。私もここ五日くらい、毎晩温かい炭酸を飲んでいるんですよ」

その人は、やがてチーズバーガーを手にした。

包み紙をどうしていいかわからずにいたので、私がそれを剥いで、こう持ってみてくださいとレクチャーする。

かぶりついて食べることに尻込みしていたので、ワゴンの内側にて、余り物をありったけ挟んだハンバーガーにかぶりつくアイちゃんの豪快な姿を見せてから「あのように食べます」と教えてみた。

するとその人は覚悟を決めたようにマスクを取り、大きく口を開けてハンバーガーにかぶりつく。

「……美味い」

一口食べ、驚いたような、だけど気の抜けたような声を漏らした。

「これなら、あの子も食べてくれるだろうか……」

「え？」

……あの子？

その言葉の真意は謎だったが、後はもう、夢中になってもぐもぐ食べる。

塩胡椒を効かせたジューシーなパテに、濃厚なミルクの風味が残るチーズがとろける、ザ・ハンバーガー。

ハンバーガーって、食べ過ぎると良くないジャンキーな食べ物の代表格だけど、一度食べたらやみつきになる、忘れがたい罪な味をしている。

「この、分厚く挟み込まれた、柔らかい緑の野菜……これがアボカドというやつか？　衝撃的な食感と味わいだ。とてもコクがあるのにどこかみずみずしく、肉とチーズの味をいっそうまろやかにしている」

「ええ。とろっとしていて濃厚で、それでいて栄養もある野菜なのです。森のバターと呼ばれているくらいですから」

「ほお。この妖都でも、見たこと食べたことのない野菜だ。どこで手に入れたのだろうか」

「あ、これは南の地で手に入る野菜ですよ！」

私は思い出したように南の地の産物アピールをして、夜ダカ号からアボカドの実を持ってきてお客さんに見せてみた。その人はとても興味深そうに、ゴツゴツした黒緑の球体に触れ観察していた。

「ふう。美味かった。それになかなか心地よい体験ができた。私は普段、あまり自由のない、様々なものに縛られた生活をしている。このひとときは、そういうものを一時的に忘れる事のできる、貴重な時間だった」

「やはり、お忍びですか？」

「まあ、そういったところかな」

この人……実は高貴な身の上の方なんじゃないだろうか。

ハンバーガーやポテトを食べていても洗練された佇(たたず)まいだし、何よりその透き通った声や口調には気品を感じる。

「ありがとうお嬢さん。まさか噂の天神屋の花嫁に、直接お料理を持ってきてもらえるとは思わなかったよ」

「え？　私のこと、知ってるんですか？」

「もちろん。妖都新聞に毎日目を通していると、よく〝津場木葵〟の名を見る」

「い、いったい何が書かれているって言うんです……っ」

青ざめる私を見て、その人は少々間の抜けたような顔をした後、ぷっと吹き出した。

しかし直後、どことなく肩を落とし、

「誰もがその活躍に興味を示しているとはいえ、それは時に窮屈を生む。有名人は大変だ。あることないこと、書かれてしまうからね」

まるで自分のことのようにため息をついてから、お客さんは席を立ち上がる。

「こちらの夜ダカは、いつまでこの宿木に？」

「え。えっと、五日こちらに出店する予定です。また現世の面白いお料理をだしますので、よかったらぜひ来てください」

宙船夜間飛行に夜ダカ号が現れる日にちを記載したチラシ。これをワゴン車のカウンターから持ってきて手渡した。

お客さんはチラシを折って羽織の懐に仕舞い込む。

そしてサングラスを外し、帽子も脱いで、深々と頭を下げた。

「ではまた。夜ダカの君」

お客さんが顔を上げた瞬間、思わず「わ……」と声を漏らしてしまった。

その瞳には二重の円の模様が浮かび、その髪は淡い桃と紫のグラデーションに染まっている。

この変装からは想像できない、とても不思議な見た目をしたあやかしだった。

「ああ、もう戻らないと！」

その人は慌てて変装を整えると、急ぎ足で自分の乗ってきた小型宙船に戻り、この星華丸を発つ。

しばらくしてから、私は腕を組んで、うーんと考え込む。

「あの人、どこかで見たことがある気がするんだけど、全然思い出せない」

あんなに特殊な瞳や髪、忘れるわけがないと思うんだけど。

帰りの小型宙船が、あちこちから地上へ向かう。

「……凄い景色。光ばかりだわ」

光の群れと妖都の摩天楼が織りなす夜景を眺めながら、私はこの巨大な都市のどこかに、大旦那様がいるのだろうかと考えていた。

天神屋に戻らない、行方の知れない大旦那様。

白夜さんが妖都で情報を集めてくれているが、やはり心配だ。

「大旦那様……ちゃんとごはん、食べてるかしら」

次に会った時、もし大旦那様がお腹を空かせていたら、私は何を振舞おうか。

大旦那様の好物すら、まだ知らない私。

最後に会ってから、もう長いことその顔を見ていない気がする。

「葵さまー、ぼんやりしてないで後片付け手伝ってくださいよー」

「あー、ごめんごめん、アイちゃん」

働きもののアイちゃんに叱られてしまった。

急いで夜ダカ号へ戻った、その時だ。

夜ダカ号の背後から「葵殿」と、私を呼ぶサスケ君の声がして、慌てて裏手に回る。

サスケ君は陰に溶け込む形で、静かにそこに佇んでいた。

「お帳場長殿からのお達しでござる。このまま、妖都に降り立つように、と」

「……へ？　このまま？　今から？　って、わっ！」

サスケ君は忍びらしい素早い身のこなしで私を抱え、そのまま風のごとく小型宙船へと連れ込む。天神屋の紋の無い、お忍び用の宙船だ。

「サ、サスケ君⁉」

「帰りの客に紛れ、あちらに行動を悟られぬように、とのことでござる。このまま妖都の中心部までお連れする」

「ええええ⁉」

「しっ、静かに。葵殿の声は時々でかいから……」

さりげなく失礼なことを言って、サスケ君は私を船内へと促し、閉じきった窓から外を警戒して、目を光らせていた。

「葵さま〜葵さまったら〜もう〜〜っ」

アイちゃんを置いてきてしまった。しかも私がまたサボっていると思って怒っている声が聞こえる。誰に似たのか大きな声……

「大丈夫。アイ殿には別のお庭番に、この件について説明をしてもらうでござる。また彼女には、葵殿に化けて天神屋に戻ってもらう必要があるでござる」

「それって……もしかして、影武者ってこと？　アイちゃんが危ないんじゃないの？」

「アイ殿は、葵殿が天神屋にいるという目くらましになるのは確かでござるが、護衛も数人つくでござる。むしろ、天神屋を離れる葵殿の方が、危険度では上かと」

「そ、そうなんだ……何をさせられるんだろう」

「では行くでござる、葵殿」

小型宙船は帰りの船に紛れつつ、妖都の摩天楼に吸い込まれ、溶けていく。

「わあ……」

上から見ていただけとは訳が違う。

高く積み上げたような塔がいくつも立ち並ぶ巨大都市。

鬼門の地の銀天街(ぎんてんがい)も賑(にぎ)やかだが、規模が全く違うのだ。

以前大旦那様と共に妖都へ訪れた時は、城下街をうろついただけで、このような中心地まではこなかった。だからこそ、なおさらそのスケールに圧倒される。

高層ビルのように縦長の建造物が、中央の宮殿に向かって、ずらずらとひしめき合う。

建造物と建造物の隙間に入っていくと、もう空までが遠く感じられ、何かとても大きなものに見下ろされているような感覚に陥るのだ。

「サスケ君、私たちはどこへ行くの？」

「縫ノ陰(ぬいのいん)邸まで」

「ぬっ、縫ノ陰邸⁉」

「しーっ」

また大きな声を出してしまったので、私は自分の口元に手を当てる。

「現在、妖都の宮中関係者で我々の味方となってくださっているのは、縫ノ陰殿とその奥方の律子(りつこ)殿。あの方々の力があってもまだ、劣勢ではあるのでござるが……」

サスケ君は、いつも以上に緊張感を保った表情のまま。

自身の父であるお庭番長のサイゾウさんも行方不明なので、サスケ君はここ最近ずっとこのように気を引き締めている。

「私は、何の為に縫ノ陰邸へと呼ばれたの？」

「葵殿には、早急に解決してほしい依頼があるようでござる。どうやらあちらはあちらで、大変のようで。……あ、急下降するでござる、拙者にしっかりつかまって」

「早急に解決してほしい依頼……って、わああっ！」

何が何だかいまだ分からないまま、船は突然真下へと急下降。

ふいに襲われるこのふわっとした感じ、本当に心臓に悪い。

私は隣のサスケ君のマフラーをがっしりつかんでそれに耐えていたので、サスケ君は時々「ぐ、ぐるじいでござる」と唸っていたのだった。

第二話　隠世夜咄

「葵殿。葵殿。もう着いたでござるよ」

サスケ君に肩を揺さぶられ、目を開いた。

「ここは……」

窓から外を見て、宙船がゆるゆると進む場所を確認する。

そこは高層建造物の屋上に設けられた、白い砂利と松の庭園。

白い砂利はまるで砂浜に寄せる波のようで、宙船もまた、海の上を進む船のようだった。

私たちは庭園に備わっている停泊場に小型宙船を寄せ、その場に降りる。

白い砂利はサクサクと音を立て、私が歩むたびに足元から波紋を描き、淡い光を放出する。

不思議な石の庭園だ。同時に、私はこれを隠世らしいとも思った。

ただそこは異様とも思えるほど静寂で……

「ここら辺で最も高い建造物の屋上だからかしら」

しかし下界の賑やかな明かりや営みは見えているのに、その喧騒が全く聞こえてこないのは不思議だ。あやかしなりの結界のようなものが張られているのかもしれない。

奥には立派な平屋が、やはりしんと佇んでいる。この庭園とつながる外廊下にはぼんやりとした鬼火の行灯が立っており、それが向かうべき場所の目印のようだった。

縁側には、ある人間の女性がにこりと微笑み、座っている。

「律子さん……っ！」

私は思わず駆け出した。

足元の砂利を踏んで、どこかもつれそうになりながら、彼女を目指す。

その人は私の恩人でもあり、私と同じ現世出身の人間だった。

「こんばんは、葵さん。夏ぶりですね」

「はい、こんばんは！　律子さん！」

再会が嬉しくて嬉しくて。

こんなに静かな場所で、私は大きな声で挨拶をしてしまった。

律子さんは膝に黒い亀を抱きその甲羅を撫でていた。驚いたことに、亀の甲羅には色とりどりの宝石が宿っている。これもまた隠世のあやかしらしい。

「天神屋の状況は白夜さんから聞いていますよ。あなたを招いたのはこのわたくしです」

「あの、早急に解決してほしい相談事があると聞いているのですが」

「ええ、その通りですよ。これはきっと、あなたにしか解決できないでしょうからね」

ふと冷たい風が吹き、背後を振り返ると、サスケ君はもういなかった。

私が乗ってきた小型宙船はあるのだけれど、彼は忍びなのでこの闇に紛れ、どこかへ行ってしまったのだろうか。

「ふふ。サスケさんはとても忙しいのですよ。白夜さんにあれこれお使いを頼まれていますからね。お一人で不安でしょうが、事情はわたくしから説明しますから、今はとにかく、お上りになって」

「は、はい。では失礼します」

私は律子さんに促される形で、下駄を脱いで、縁側に上がった。

律子さんの後ろについて縁側を歩む。

その縁側から、途中渡り廊下を渡って、室内の廊下へと入っていく。私たちが通る場所に、小さな妖火(ようか)たちがふよふよ集うので、行くべき道が分かるのは便利だ。

突き当たりに、明かりのついた部屋があるようだった。

「こちらですよ」

また律子さんに促され入ると、そこは囲炉裏のある古民家風のお部屋となっていて、とても暖かい。

囲炉裏の中心にはコトコトと煮込まれている鍋物(なべもの)もあり、その美味(おい)しそうな匂いに、思わず鼻をすんすんとさせてしまう。一体なんだろう。

「凄い。鍋に水菜がてんこ盛りだわ。美味しそう」

そして思わず鍋物への興味が言葉として漏れてしまう。

後からハッとして口元を押さえたが、もう遅い。律子さんはくすくす笑っている。

「ふふ。葵さんはお勤めの後だもの。お腹が空いたかしらと思って、水炊きを用意したのですよ」

「み、水炊き⁉」

「ええ。鶏と水菜の水炊きですよ。妖都名物の一つで、水菜をたっぷりと使っているのが妖都風です。とても美味しいものを用意させたので、ぜひ召し上がって」

彼女の言葉を待たずして、私のお腹はぐ〜と気の抜けるような音を鳴らす。

いくら空腹だったからって、貴婦人の前ではしたない。

律子さんは私にとって馴染みのある方だけれど、彼女はこの隠世の、王家に嫁いだ人間なのだから。

「すみません律子さん、さっきから……っ」

「うふふ。いいのですよ。空腹は最高のスパイスって言うでしょう？　一番美味しく召し上がっていただけるのだから、わたくしも本望ですよ」

「すみませんすみません。私の為に、わざわざありがとうございます」

深々と頭を下げお礼を言うと、そのまま囲炉裏に引き寄せられ、おとなしく座布団に座る。目の前でグツグツ煮込まれるその鍋をじーっと見ている。そんな私。

水炊き。水炊き。鶏の水炊き。

それは現世でも博多や京都で名物料理として親しまれている、冬に食べたいお鍋の一つだ。

鶏ガラから旨みを引き出した白濁のスープで、冬に美味しい野菜と、骨つきの鶏肉をたっぷり煮込んでいる。

鍋を覆うほどこんもりのっかっている水菜が、たまらなく魅惑的。

律子さんが装ってくれようとしたので、慌てて「自分でやります」と言うと、彼女は「ダメよわたくしにやらせて」と頑なにそれを拒否。お椀とおたまを渡してくれない。

よ、妖王家の奥様にそんな……

こちらとしては冷や汗ものだが、律子さんがやる気満々なのでお任せすることに。

そして彼女は、お椀に具を装いながら、妖都の野菜について話をしてくれた。

「妖都はお野菜を使ったお料理が多く、古い時代から豊富な野菜を食べてきた歴史があります。妖都の周辺を囲むように、農地が広がっていますから」

「水菜も、妖都野菜なんですか？」

「ええ、そうですよ。水菜は代表的な妖都野菜の一つで〝四宝水菜〟と呼ばれています。

他には〝南陽玉ねぎ〟や〝西巻人参〟、また〝東花海老芋〟や〝北楽大根〟など、妖都から見て東西南北の地名を冠する野菜もまた、有名です。これらは昔からあるブランド野菜ですが、最近は澄んだ地下水で育った野菜も人気がありますね。地下栽培の〝地千わさび〟など」

「わあ……それ、凄く興味の湧く話ですね」

「そうでしょう？　ふふ、葵さんなら食いついてくれるんじゃないかなって思って、わたくしも改めて調べ直したのよ」

私にお鍋の具を装ったお椀を手渡しながら、可愛らしく微笑む律子さん。

相変わらず、穏やかで人当たりがよく、気品に満ち溢れた淑女だ。

「今説明をしたお野菜で、西巻人参と北楽大根はこの水炊きに入っていますよ」

「い、い、いただきます！」

「食べるだけなのに緊張しちゃダメよ」

律子さんにつっこまれてしまったが、最初は何の味付けもせずに、そのお鍋を頂いてみた。

まずはスープだ。

見た目は白濁としているのに、その味は思っていたよりあっさりとしていて、しかし確かなコクを感じられる。これまた気品のある洗練された味だ。

このスープで煮込まれた鶏肉はプリプリと食感が良く、嚙めば嚙むほど美味しいのだが、それ以上に衝撃的だったのは、水菜だ。

最初から異様に存在感を示していたてんこ盛りの水菜も、今は煮えてしまいくたっと鍋に収まっている。しかしこの水菜の、みずみずしく美味しいこと。

しっかり煮込まれているのに、しゃきっとした食感も残っており、青臭さがいい意味で際立つ。水菜はとても細い葉ものの野菜だから、鶏ガラのスープの美味しいところをしっかり絡めて、一緒に口へ連れて来てくれる。

確かに、水炊きの旨みを引き立てる野菜だ。

「……水菜って、こんなに美味しいんだ」

思わずそんな言葉が出た。

今までだって水菜を美味しく食べてきたつもりだったが、これほど衝撃を受けたのは初めてかもしれない。

「それが妖都野菜です。隠世最大の運河〝大甘露川〟より水を引き、濃い霊力を宿した旨みの強い野菜を育てた、農家たちの努力の結晶。貴族の娘たちは皆、この野菜を食べていれば美しくなると言われて育ったみたいです。ふふ、しかし確かに野菜をたくさん食べるのは、美容にいいですからね」

「ええ。とても健康的で、いいことですね」

今度は爽やかなポン酢で味をつけ、いただいてみる。

律子さんが四角いお豆腐をよそってくれたので、それを何気なく口にした。

「わ……」

驚いた。そのお豆腐はとても固いお豆腐だったのだ。それに大豆の味が濃い。

つるんとした喉ごしの良い絹豆腐や、まろやかで柔らかな木綿豆腐ばかりを使ってお料理をしていた私としては、久々の食感。

昔ながらのしっかりしたお豆腐だ。

その手作り感溢れる固いお豆腐に、思わず心をときめかせる。

「妖都の伝統的な都岩豆腐です。最近ではあまり食べることのない、しっかりした固いお豆腐ですが、わたくしはこれがとても好きなの。なんだか、懐かしい気分になるのよ。葵さんのお口に合わなかったらごめんなさいね」

「い、いいえ！　確かに、最近この手のお豆腐は手に入りませんが、私も少し懐かしい感じがします！」

「葵さん、固いお豆腐を食べたことがあるの？　若いのに珍しいですねえ」

「おじいちゃんが好きだったんです、固くてずっしりしっかりしたお豆腐。スーパーにあるお豆腐はお豆腐じゃないって、いつも訴えていたくらい。だから地元のお豆腐屋さんで、わざわざ固いお豆腐を買っていたくらいです」

「まあ。あの津場木史郎が⁉」

手を合わせ、嬉しそうな笑顔になる律子さん。

彼女にとって、私の祖父である津場木史郎とは、物語の中のダークヒーローだ。

「私にとっては、ただのわがまま頑固じじいでしたけどね。好き嫌いも本当に多くて……味付けにも逐一うるさかったですから、おじいちゃん」

「それでこそ津場木史郎というものですよ。わたくしの想像する津場木史郎が、ただの良い人であるはずがありません。ですがとても魅力的な人物だったのだと、信じています」

「あ、あはは……」

まあ、これだけ隠世で知れ渡っている人間なので、良くも悪くも、他者を惹きつける何かを持つひとだったのだろう。

私はまた、固いお豆腐やしっかり熱の通った野菜をふうふうと冷まし、ほくっといただいた。

水炊きおいしいなあ。すぐに火が通るよう薄切りにした西巻人参や北楽大根も、甘みが強く、疲れた体に沁みるのだ。

自分もこんなにおいしい水炊きが作れたらいいのにな。

極めようと思うほど職人技の光るお料理だから、ここまで洗練された水炊きは、私には少し難しいかもしれないけれど。

でも、もし夕がおで水炊きが出たら、お客さんは喜んでくれそうだ。食火鶏を使って作ると相性も良さそうだしね。

そしたら大旦那様も、また夕がおで、食べてくれるかな。

なんとなく好きそうだ。水炊き。

そうしてやっと思い出す。自分がなぜ律子さんのお屋敷に来ているのかを。

徐々に、美味しいお鍋が喉を通らなくなる。

「私、私、なぜこんなに美味しくごはんを食べているんだろう。大旦那様は、今、ちゃんとごはんを食べているのかもわからないのに」

「まあまあ、葵さん」

律子さんは私の変化に、眉根を寄せた。

「天神屋の大旦那様のことが気になるのは分かりますが、そんなに青い顔をして慌てずとも。あなたはあなたで、しっかりと食べて体を休めなければ」

「だ、ダメですよ律子さん。私、何かしないと。白夜さんや銀次さんは、お料理をすることが、大旦那様を助けることに繋がると言ってくれたけれど……今回は私、できることなんか無い気がして、ずっと不安で。大旦那様を、取り戻さないといけないのに。大旦那様の帰ってくる場所を、雷獣に奪われる訳にはいかないのに」

「……葵さん」

「もしかして、大旦那様のことで、何かわかった事はあるのでしょうか!? もしあるのでしたら、教えて下さい……っ」

律子さんはこんな調子の私に、しばらくきょとんとしていた。

しかしやがて頰に手を当て、ほうっとため息をつく。

「葵さんは……少しだけ、あの鬼神に対する感情に変化があったみたいですね」

「へ？　そ、それは……」

「初めてあなたに出会い、お話をした時は、まだまだ恋を知らないお嬢さんだと思っていたのですが」

「だ、だから、その。別にそういうわけでは」

目をぐるぐる回し、何か言い訳を考えていたのだが、律子さんは「いいのですよいいのですよ」と。わかっていたというような反応をしてみせる。

「わたくしも、最初はそれが恋なのかどうか、それさえよくわからず悶々としていましたから。今回、葵さんはあの天神屋の大旦那様の行方を追う中で、あなた自身の気持ちを知る必要がありそうです。あなたの決断が変える何かが、ありそうな予感がするのですよ」

「……私の、決断？」

「ええ。恋というものは、なぜか一度、人を弱くします。しかしそれを受け入れ乗り越えると、恋心ほど大きな力を生む気持ちは他に無いと、わたくしは思っているのです」

「………」

その言葉は私にとって衝撃的なものだった。静かな動揺とともに心の内側に留める。

「では、わたくしの知っていることを語りましょう」

甘く可愛らしい貴婦人の律子さんの雰囲気が、ふと変わった。

その視線は、宮中を生き抜いた強い女のものとなる。

「葵さん。あなたはこれから、とても大きな〝力〟を前に、苦しい思いをすることになるでしょう。それは天神屋の大旦那を守りたいと、助けたいと思えば思うほど。それでも……わたくしのこれから語ろうと思っている話を、聞いてくれますか？」

律子さんの表情は真剣そのものだったが、どこか心配も見え隠れしている。

彼女はきっと、その〝力〟というものの恐ろしさを知っているのだ。

「ええ。おねがいします。律子さん」

だけど私もまた、まっすぐに彼女を見つめ、強く断言した。そこに迷いは無かった。

「天神屋の大旦那が、なぜその姿を晦ませたのか。表向きはまだ公表されておりませんが、実のところあの方は今、妖王様によって牢に囚われております」

「……え？」

なぜ、大旦那様が？

ざわざわとしたものが胸に込み上げてくるが、私はそれを飲み込んで、静かに言葉の続きを待った。

「わたくしはその場に居たわけではないのですが、得た情報によると、大旦那様は妖王様の御前で、雷獣によって化けの皮を剝がされたようなのです」

「化けの……皮？」

「ええ、あやかしとしての〝真実の姿〟を、暴かれたということです」

大旦那様の、真実の姿……？

「雷獣がどのようにして、大旦那様ほどの大妖怪の化けの皮を剝いだのかは定かではありません。しかし化けの皮を強制的に剝がされるというのは、化け姿のあやかしにとって最も恐ろしいこと。なにせ、大旦那様の〝真実の姿〟というものは、隠世では重大な禁忌だったのですから。故にあの方は、投獄されてしまいました」

「ちょ、ちょっと待ってください。真実って……禁忌って、いったい何ですか？　大旦那様はいったい……」

あの人は、いったい、何、だったというの。

ふと、前に大旦那様が私に言った言葉が思い出された。

『君が本当の僕を知ったら、どんなにか僕を嫌いになるだろうと……』

それが不安なのだと、らしくない様子でこぼしていた。

ちょうど、大旦那様が天神屋を離れる前の、夕がおで。

私はさっきまで、美味しく食べていた水炊きの味すらも忘れ、今聞いた話をどう受け止めれば良いのか戸惑っていた。何もわからない。何も。

「いったいなぜ、こんなことになっているのですか。大旦那様は悪いことをした訳でも無いのに、化けの皮が剝がされただけで、投獄されるなんて」

そう尋ねるのが精一杯。事情を聞いても、まだしっくりこないことばかりで。

「あなたは人間であるがゆえに、あやかしたちの常識、あやかしたちの事情、その判断基準を、理解できずにいるでしょう」

律子さんの言葉に、私はゆっくりと顔をあげる。

「わたくしもそうでした。理不尽なこと、考えられないことばかりで。だけど、それに屈してしまっては、それまでなのです」

律子さんが、強く私に言って聞かせる。おそらく自分自身の経験も踏まえて。

私は膝の上の手を、ぎゅっと握って小さく頷く。

「この件は、何も天神屋の大旦那様の、今後の進退のみに関わる話ではありません。そこにはとても複雑な歴史と、政治問題が絡んでいます。今、宮中では八葉制度の廃止が声高に叫ばれているのですから」

「その話……以前少しだけ、聞いたことがあります」

春日が北の地に嫁入りしたのも、全てはそこに繋がる事情だ、と。

八葉制度。八葉とは、いったいなんなのだろう。

「まずは、そうですね。直接関係ないのですが、隠世という世界の話から。葵さんは現世からやってきた、わたくしと同じ人間ですから、隠世の歴史や、それに繋がる異界の存在を知っておいて損はありません」

律子さんは少しの間、何から語ればいいのかを考え込んでから、こんな問いかけをした。

「葵さんは、現世や隠世以外の世界があるということは、ご存じですか？」

「ええ。現世と隠世だけではなく、常世や、他にも高天原や地獄など、いくつか異界があり、岩戸で繋がっていると聞きました。鬼門の地では、曜日ごとに開く異界が違います」

「ええ、そうです。〝隠世〟にとって関わりの強い世界は、縦に繋がる〝現世〟と、横に繋がる〝常世〟になるのですが、この二つの世界に比べて、隠世とはとても小さな世界なのです。葵さんも、気がついているのでは？」

「え、ええ。全体像は、現世に比べて小さいのかなとは思っていました」

なんせ、宙船で妖都まで、二時間程度で辿り着く。高速の宙船だともっと早い。

隠世という世界は、広さでいうと日本よりもっと小さいのではないかな。

日本だって、地球規模で考えるととても小さいのに。

「隠世は、日本でいうとおそらく九州ほどの大きさしかありません。常世の離れ小島という説があるくらいです。隠世のあやかしたちは、元をたどれば古の時代に、常世より黒い海を越えてやってきた存在だと言われています」

「黒い海……ですか」

思い出す景色があった。私はそれを、見たことがあると思う。

以前、折尾屋で行った儀式にて、海坊主をもてなした時のことだ。

私はあの海坊主を通じて、南の地の海のずっと向こう側にある〝黒い海〟を見た。

とても寂しく、悲しい場所だった。

「南の地の儀式もまた、常世と隠世の間にあるとされている、黒い海より流れ来る穢れを祓う目的がありましたね。南の地は常世と最も近い場所ですから。なぜこんな話をしたかというと、要するに隠世とは、まだ新しい未熟な世界なんです」

今のところ、なんとか理解している。私はコクコクと頷いた。

「では、本題に入りましょう。八葉という制度ができたのは、千年以上前のことです。その頃、隠世における全ての権力は妖王家が担っていました。当時の妖王はとても力のある者で、偉大なる妖王〝大妖王〟と語られているほど。しかしその大妖王は、ある邪悪なあやかしによって殺められ、隠世はかつてないほどの混乱に陥るのです。その後王となった者に大妖王ほどの力は無く、各地で賊として暴れまわる者たちも生じ、隠世は乱れ、とても大きな悪気に満ちてしまいました」

「なんだかそれ……今の北の地、みたいですね」

「ええ、その通りです。偉大な王の後というのは、誰もがその王の幻想を追いかけてしまいますから、治世が乱れてしまいがちなのです」

律子さんは続けた。

混乱に陥った隠世を治めるために作られた制度が、八葉制度だったのだ、と。

隠世の中心に妖都を置き、八つに土地を分け、大妖王に仕えていた八の大妖怪に地方の主として権力を与え、まずはその土地を平和に治めるよう命じたのだ、と。

「実はこの八葉制度を生み出したお役人の一人が、白夜さんなんですよ」

「ええっ⁉　白夜さん、ただ者じゃないとは思ってたけど……」

そもそも、そんなに昔から生きていたあやかしだったなんて……

「八つの地に八葉を置き、分権の制度を確立し、やがて八つの地はそれぞれの方法で発展していきます。今はむしろ、八葉の勢力が中央の権限を脅かす存在になりつつあるほどです。というよりは、中央の貴族たちを脅かす存在、といいますか。八葉は大妖怪ではありますが、貴族であった者などおりません。各々に商売で成功し、認められ成り上がり、大きな富を築いた者たちですから」

「でも……妖都の様子を見ていると、この大都会を上回る規模の八葉の地はないような気がします。いや、私、全部の八葉の地を見てきた訳ではないんですけど……」

「中央は主に八葉からの多額の税により、潤いをいっそう増したのです。妖都で商売をして成功した者たちも、もともとは地方でその腕を磨き、進出してきた者たちが多いのです」

「ではなぜ、宮中は八葉制度を潰そうとしているのでしょうか。多額の税が支払われているのなら、このままでいいと思うのですが」

「ふふ。……多額の税を納めているということは、発言権が増すということです。中央の政治は、すでに北西の地の八葉、文門狸たちに一部掌握されつつありますから。現右大臣がまさに、八葉出身の文門狸で、これまたやり手の狸なのです」

ああ、春日のお父さん、か。事情が少しずつ繋がってきた。

「古くから中央の政治に携わる名門貴族たちは、このように八葉の権力が増す一方なのを恐れ、どこかで抑止したい考えがあります。それでいて、八葉がもたらす富は欲しい。そのために八葉制度を廃止し、八つの地の財と富、すでに整っている商売の基盤を、妖王の名の元に、中央が管理しようとしているのです」

「そ、そんなの！　そんなの酷い話です。かつては中央が管理しきれなかったから八つの地に権力者を置き、その地を治めさせたのに。天神屋だって、あの折尾屋だって、自分たちで知恵を働かせて、多くの失敗や成功を繰り返して、土地を潤したのに！」

「ええ、その通りです葵さん。八葉制度の廃止を声高に叫んでいるのは、主に右大臣と対立関係にある大貴族出身の左大臣で、現妖王様は今まで、その双方の意見を聞きつつ、どちらかといえば右大臣寄りでした。八葉との関係を壊したくないとの考えが、妖王様にはあったようです。天神屋の大旦那様を呼び寄せたのも、この件で相談事があったからだとか。妖王様はまだ二百歳とお若く、鬼神を兄のように思っていると、聞いていました」

……二百歳が若いというのは、横に置いておいて。

「そんな妖王様が、どうして……」

「お伝えした以上のことは、まだわかっていません。しかし、この一件から、妖王様は八葉制度の廃止の方向で考えを固めたとのこと。ただ、このお考えに迎合する右大臣や、各八葉ではないでしょう。先ほども話したように、妖王がそう考えているからといって、八葉制度を簡単に壊せるほど、八葉の勢力は小さくないのです。しかしこの大旦那様の一件は、この問題を大きな争いごとに発展させる、火種となりかねないでしょう」

「……火種」

「八葉は次の夜行会で選択を迫られるでしょう。天神屋の大旦那の椅子をすげ替え、八葉制度廃止のきっかけになりかねない火種を排除するか。もしくは大旦那をそのまま天神屋の〝大旦那〟とすることで、八葉の力と影響力をそのまま維持し、中央と真っ向から対立するか……大旦那様の力とは、八葉の中でもそれだけ大きなものでしたから」

話を聞けば聞くほど、今回の問題は、今まで私が向き合ってきたものよりはるかに大きな因縁と事情、長い歴史、そして、怖気がするほど多くの権力争いが絡まり合っている。

やはり、自分にできることが、わからない。

お料理がこの件にどう絡めるというのか。それすら、繋がってこない。

「白夜さんが葵さんをここへよこしたのは、わたくしにこの話をさせるためでもあったのだと思います。わたくしだけが、あなたの戸惑いや、人間なりの疑問を、ちゃんと理解してあげられるから。天神屋のあやかしたちは良い方ばかりですが、葵さんのその部分を理解することだけは、難しいでしょう？」

「……ええ。ありがとうございます律子さん。確かに、天神屋のみんなと一緒にこの話を聞いていたら、私、おいてけぼりだったと思います」

律子さんは改めて、私に向き合いこのように告げた。

「ここは妖王家縫ノ陰邸。縫ノ陰の名の下にあなたを客人として、迎え入れます。しばらくあなたは、ここから星華丸や天神屋に通うのです」

「えっ⁉ ちょっ、ちょっと待ってください。しばらく、ですか⁉」

ぎょっとしてしまった私と、もういつものふんわりとした雰囲気に戻って、コロコロと笑っている律子さん。

「言ったでしょう？　葵さんには早急に力を借りたい案件があるのです。少なくとも、その解決の糸口が見えるまでは。それに、天神屋との行き来は連絡便にて簡単にできるのですよ。天神屋の船は、朝昼晩と、ほぼ毎日妖都と行き来をして客を送迎していますから」

それなら安心、というのも軽率だけど。

しかし意外な展開だ。

今回はとても大変なことになるとは覚悟していたけれど、まさかしばらく妖都で、しかも律子さんの元でお世話になることになろうとは。

あ、そういえばチビを天神屋に置いてきてしまった。

今朝も早い時間から冷たい池で遊んでいたから、いつものごとく放置してきたのよね。

「大丈夫ですか、葵さん。固まってますよ」

「だ、大丈夫！　大丈夫です！」

いろいろあってフリーズしてしまっていたが、律子さんに声をかけられハッとして、大げさに両手を動かしてみたりする。

「ふふ。……ここは妖都。最も早く、情報を手に入れることができる場所です。待つだけが女の仕事だなんていうのは古い時代のお話。愛すべき者を救うためには、渦中に突っ込んでいける本拠地がなければね」

「……律子さん？」

あの律子さんが人差し指を口元に当て、なんだかちょっぴり悪い顔をして笑っている。

「雷獣がどのような混乱の物語を思い描いているのかは知りませんが、それならばこちらはこちらで、ありったけの愛と奇跡の物語を紡ぎましょう。行方不明の姫を探し、そのしがらみから救い出すのは、常に英雄ですもの」

「姫ポジションが、大旦那様なんですけどね」

普通、逆じゃない？　普通逆よね⁇

だけど確かに。天神屋の夕がおで、現状がどうなっているのかわからず、ずっともやもやしたまま営業を続けるより、ここでできることを探した方が、私らしいかもしれない。

私は、頬をぱしぱしっと叩いた。

しっかり……しっかりしなくては。入口は見えているのよ。ならば一歩、踏み込まなければ。それでこそ、津場木葵でしょう。

「お世話になります。どうぞよろしくお願いします、律子さん」

私は深く頭を下げた。律子さんは柔らかく微笑み、

「わたくしにできることがあれば、なんでもしますから、安心なさってくださいね」

そんな、優しい言葉をかけてくれた。

私が内心、いまだ不安でいることを、分かってくれているのだ。

これが約ひと月にわたって大旦那様の行方を巡る、天神屋の戦いの幕開けである。

私たちの選択は、隠世の大局を動かす、歴史的な騒動に発展するのだった。

第三話　野菜嫌いな御子

「嫌だ！」

その大きな声で、私はぱちっと目を覚ました。

縫ノ陰(ぬいのいん)邸にやってきた日の、遅い朝のことだった。

「嫌だ嫌だ嫌だー」

ダダダダダーっと、襖(ふすま)越しの内廊下を往復する足音と、子供の叫び声が聞こえる。

その子供を「お待ちくださいまし～っ」と追いかける数人の女中の声も。

「なにごと？」

昨日はこのお屋敷で、律子(りつこ)さん以外の住人を見かけたりしなかったのだけど、やっぱりいるのだ。

私は、無駄に大きい昔ながらのお布団から這(は)って出て、そろりと襖を開けてみる。

驚いたことに、ちょうど目の前に子供が立っていた。

追いかけていた女中をまいて戻ってきたのか、ここにいるのはその子だけだ。

「お前、誰だ？」

大人びたように腕を組み、どこか偉そうな口調の童子に怯む。

幼稚園児ほどの小さな男の子なのに……。

「そのお方は我が家のお客人ですよ、竹千代様」

律子さんがやってきて、その子どもの傍に腰を下ろす。

「……お客？　僕と同じ？」

「竹千代様は……我が家の家族でしょう？」

律子さんが困ったように笑うと、その子は「へっ」と皮肉っぽい顔をした。小さいが、どこか気難しい子どもの様だ。

私は襖をちゃんと開けて、律子さんに「おはようございます」と挨拶をする。

「葵さん、よく眠れましたか？ちょうど朝餉の用意ができています。隣のお座敷に持って来させましょう」

「ありがとうございます。あ、ですが私、自分で運びますよ！　なんなら自分でごはんも作ります。お世話になっている身ですから」

「あらいいのですよ。葵さんのこと、妖都風におもてなししたいもの」

律子さんが両手を合わせ、キラキラした目をして言うので、拒否することなど当然できない。

「……えっと」

そんなこんなで、私が着替えているうちに、隣の部屋に朝食が用意されていた。

美味しそうな匂いにつられて、そちらへふらふら。

作るのも好きだが、作ってもらったものを食べるのも、もちろん大好き。

「わあ……」

高級感あふれる、お野菜の惣菜の数々が、御膳に並べられている。

妖都の雅な空気を食卓からも感じられ、私は心が躍った。

煮物、田楽、おひたし、お吸い物、お新香、その他にも細々した小鉢の数々。

一つ一つのお料理に、どこかピリッとした緊張感が漂っている。

色とりどりの旬のお野菜が巧みに調理され、お料理を盛り付ける小皿や小鉢までしっかりこだわりがうかがえる。そう、見栄えが素敵なのだ。

「とても綺麗で、食べるのがもったいないお料理ばかりですね」

「ふふ、でしょう？　でもぜひ味わっていただきたいわ。妖都の長い歴史の中で生まれた、野菜のお惣菜へのこだわりを」

「確かに……旬のお野菜ばかりを使っているように思います」

「ええ。出始めの〝走り〟、旬の〝盛り〟、出回る終盤の〝名残〟など、それぞれのお野菜の食べ頃を見極め、その特徴を生かして調理し、美味しくいただくのが妖都風」

例えば、と律子さんは大根と油揚げの炒め物に手を向ける。

「妖都野菜（ようとやさい）の〝北楽大根（ほくらくだいこん）〟は、十月から十一月が市場に出始める〝走り〟となります。みずみずしく柔らかいので、細切りにして水菜と共に生でいただいたりしますね。十一月から十二月の旬の〝盛り〟だと、一番風味が出て美味しい時期なので、こうやって油揚げと一緒に炒めたり、他の野菜と共に煮たり炊いたりと、どんなお料理にも合います。一月から二月だと〝名残〟となり、野菜に少し固さが出てきます。煮崩れしにくく味も強いので、煮物もいいですし、またお漬物にすることもありますね」

「な、なるほど……旬を更に三段階に分けて活用するなんて、凄（すご）いこだわりようだわ」

思わずごくりと。

旬のお野菜を大雑把に捉（とら）えて使う事はあったけれど、そんなふうに、より季節を意識しながらお野菜を使うことはなかった。

「ふふ。まあ、古い者たちの知恵でしょうね。今となっては栽培の技術も上がり、旬がいつだか分からないくらい、何のお野菜でも好きな時に食べられますからね」

「隠世（かくりよ）でも、そうなんですね」

「ええ。地下栽培などが最近は盛んで、季節に左右されないのだとか。とはいえ、やはり自然のまま、旬に収穫したお野菜は格別の風情があります」

そこで律子さんは、私がまだお料理に手をつけていないのを見て、「まあごめんなさい」と口元に手を添えた。

「わたくし、おしゃべりばかりして！　さあさあ、お召し上がりになって。こちらの西巻人参と東花海老芋を使った炊き合わせと、かぶら煮がおすすめですよ」

私が食べるのをワクワクしながら見ている。

律子さんの期待を裏切らぬよういただきますをして、最初に人参と海老芋の炊き合わせを食べてみた。

亀甲にむいた白い海老芋、鮮やかなオレンジ色の人参。茹でた菊菜も添えられており、白、赤、緑と色合いが綺麗だ。細長く切られた針柚子ものせられており、香りも爽やか。

「ん……っ！　お出汁が良く効いてる」

お出汁とみりん、酒の味がしっかりと染み込んだ海老芋が美味しい。

海老芋とは、確か里芋の一種だ。ほくほくと柔らかく、甘みが強い。よく食べるじゃがいもなどとは違う特有の食感がある。あまり扱うことのない食材だからこそ、面白くいただく。

人参の甘みは言わずもがな、濃い香りがふわりと鼻を突き抜け、味わううちにどこかほっこりと幸せな気分になってくる。

いつもよく使う野菜なのにな。人参そのものを、お出汁で炊いて食べているだけであっても、それこそ至高と思わされる。この満足感は凄い。

「美味しいです。料理人の技が光るお料理なのに、素朴で親しみやすい、食べ慣れた味という感じもして。なんなのでしょう……この、質素だからこその、贅沢感は」

「ふふ。おそらく無駄がないのでしょう。不必要な味つけのない、古き良きお料理。そこにあるのは極上の食材と、洗練されたお出汁で、驚きよりもじわじわと染み入るものなのですよ」

「………」

それは、私の料理のこだわりと、正反対を貫いた味のようにも思う。

私の料理は、定番のお料理にちょこっとオリジナルの要素を加えたものが多い。

たとえそれが安い食材であっても、アイディアをひねって素早く手軽に作り上げる現世の家庭料理だ。異界の調味料やお料理というものへの驚きも、大きく働く。

「こちらは鰻のかぶら蒸しですよ。かぶら蒸しはご存じ?」

「ええ、確か、カブをすりおろして卵白でカブメレンゲを作って、エビや魚を包んで蒸すお料理ですよね」

「そうです。特に鰻の蒲焼とぎんなんを包み込んだかぶら蒸しは、宮廷料理としても馴染み深いものです」

一口食べて、そのふわふわでまろやかな味わいと、鰻の旨みに唸る。

妖都野菜である、甘くみずみずしい冬のカブをふんだんに使った、妖都の料理亭の定番料理とのことだ。外側はふわっとしていて口の中でとろけるのに、中に包まれている鰻の蒲焼は香ばしく存在感があり、あまりの贅沢な味わいと驚きに、宝箱を開けるようなワクワク感がある。

ゆっくりお上品に、かつどうやって作られているのか考えながら食べなければと思いつつ、気がつけばぺろりとなくなっている。そんなお料理だ。

他にも、かやくご飯やお菜っ葉の煮浸し、ぶりの煮物や生麩のてんぷら、松茸のお吸い物など、起きたばかりでこんな贅沢許されるのかというような、質の高いお料理ばかり。

「うう……体に良さそうな、美味しいお料理ばかり。染み入ります」

「まあ。葵さんでしたら、毎日健康的なお料理を食べてるでしょう？」

「そういうわけでもありません。ここ数日、ハンバーガーをたくさん試食してましたから」

これればかりは仕方がないが、美味しいハンバーガーも食べ過ぎると胃もたれするし、やっぱりこういう、数多くの野菜を用いた、健康に良いお料理を体が欲する。

昨晩も水炊きをいただいたのにな。二食連続でご馳走になるのは、私にしては珍しい。

お菜っ葉の煮浸しをもう一口いただこうとした、その時だ。

「僕、それ嫌い」

気がつけば目の前に、あの小さな少年が立っていた。

ムスッとした顔をして、私の御膳を見下ろしている。

「それも、これも嫌い。野菜、全部、嫌い！」

子供らしいといえば子供らしいが、私の食べているお料理をどれもこれも指差して、嫌いと言ってのける。

確かに、この手のお料理は子供の口に合うお料理とは言い難いが……

「まあ竹千代様。お客様のお食事を邪魔してはいけませんよ！」

「ふんだ！　うるさいうるさいっ！　僕に指図するな！」

律子さんが叱ると、その子はぷいっと顔を背けて、ダダダダーっと走って去る。

「あの……さっきから気になっていたのですが、あの子は？」

律子さんに尋ねると、彼女は頬に手を当て、はあとため息をつく。

「訳あって我が家で預かっている、妖王家の御子様です。名を竹千代様といいます。少々気難しく、わたくしも少し手を焼いております。好き嫌いも激しく、食事にもあまり手をつけません。特に野菜はほとんど口にしないのです」

「それは、大変ですね。子供は野菜が嫌いだからなあ……」

「ただの子供の野菜嫌いであれば、まだ微笑ましいのですが、あの子は少し特殊でして。そもそも食べるということ自体、あまり好きではないみたいなのです。この家に来て日も浅く、緊張していらっしゃるのかもしれませんけれど」

私自身は目の前のご飯をガツガツ食べながら、少しだけ考えてみる。

いったいどのような事情でこの家に預けられているのかはわからないが、食事を嫌がるのはなぜだろう。妖都のお料理に、野菜を使ったものが多いから？

私はどうだったかな。

幼い頃……そう、まだ母が私のことを見てくれて、私にご飯を作ってくれた頃は、好き嫌いもあった気がする。食べることも、当たり前だった。

だけど、そうではないのだと知ってから、私にとって食べることとは特別なものとなる。

食べることは幸せなことで、生きている証なのだと。

ならばあの子にとって、食べることとは何なのだろう。

その日、私にできることといえば、縫ノ陰邸でゆっくりと休暇を取ることのようだった。

今夜は夜ダカ号での営業もなく、かといって天神屋にいるわけではないので、時間のかかるお料理の下ごしらえや新メニューの研究をすることもなく、夕がおの掃除もできない。

今頃、きっとアイちゃんが夕がおを守ってくれているのでしょうね。

次の夜ダカ号の営業は明後日。

明日の朝の連絡便で天神屋へ戻るつもりだが、それまで何をしよう。

ここで情報が舞い込んでくるのを待つだけなのは、やっぱり辛い。

私も、何かできることはないかな……

「あ」

縫ノ陰邸の外廊下から、庭で亀と戯れる竹千代様を見かけた。

思わず「ねえ」と声をかける。

すると竹千代様はビクッと肩を上げ、ジロリとこちらを見て警戒心を露わにする。

立派な童水干の装束を纏い、よく見れば目鼻立ちのはっきりした上品な顔立ちをした子だ。何のあやかしかは分からないが、耳が尖っていて、髪は青みがかった灰色。

瞳には二重の輪を描く模様が、うっすらと浮かび上がっている。

あれ、この瞳の模様、昨日夜ダカ号でハンバーガーを注文した怪しい出で立ちのお客さんにもあった気が……

「えっと。……その亀、とても綺麗ね。宝石が甲羅に生えていて」

「宝玉亀なんだから、当然だろ」

まずは竹千代様が可愛がっているその亀の話題から。しかしあっさり返される。

亀は亀で、おっとりとした動きで頭を上げ、いかにも他所者を見ている澄ました視線で私を見ていた。

「何の用だ」

竹千代様の警戒心も相変わらずだったので、私はもう単刀直入に聞いてみた。

「ねえ、お腹すいてない？　今日はまだご飯を一口も食べてないんでしょう？」

「ふん、うるさい他所者」

その子は可愛げのない返事をして、ぷいっとそっぽを向く。

「……だって、ここの食事、美味しくない」

しかし最後にぼそっとつぶやいた言葉。それを私は聞き逃さない。

「今まで食べてきたご飯は美味しかったの？」

「……ううん。同じだった」

その子はうつむきがちなまま、またぼそぼそっと答えた。

私は縁側に座り込んで、その子のことをさりげなく観察しながら、またご飯についての話をしてみた。

「なら、竹千代様は何が好き？　私はこれでも結構お料理が得意なのよ。特に現世のお料理ね。……私、人間なの」

「人間？」

竹千代様は少しだけ興味を持ってくれたような反応を見せ、顔を上げた。

まだまだ訝しげな視線だが、私は笑顔を崩さず、視線をその子に合わせる。

「現世のお料理に興味がある？　何か作りましょうか？」

「……い、いい。何も食べたくないっ」

「食べなきゃ、体が保たないわよ」

「そんなことない。霊力水を飲めばいいんだ」

「へえ、霊力を維持するお水？　でも、色々なものを食べるのって楽しいわよ」

「ひとつも楽しくないよ！」

竹千代様は強い口調ではっきりと断言した。

その表情はとても苦しそうで、言葉とは裏腹に、この子の抱く本心というのがあるのではないかと思った。

「どうしてそんなに、食べることが嫌いなの？」

「…………」

竹千代様は答えず、視線を落とした。

やっぱり何か、事情があるのだろうか。

子どものわがまま、ただの好き嫌いだけでは言い切れない、事情が。

「なら竹千代様。人間たちの食べているものに興味ない？」

私は少し、問いかけの方向性を変えた。

先ほど彼が興味を示してくれた〝人間〟というキーワードを入口にする。

「私、昨日まで宙船の上でハンバーガーってお料理を作っていたの。どんなお料理かっていうと、こう、小麦粉をこねて焼いたふわふわのパンに、お肉や野菜を挟んで、両手で持ってかぶりつくお料理」

「……手で持ってかぶりつく？　箸は使わないのか？」

「ええ！　面白いでしょう？　隠世では珍しいかもしれないわね。あ、でもおにぎりがあるか。竹千代様はおにぎりって食べたことある？　食べ方でいうと、あれみたいな感じ」

しかし、竹千代様はいまいちピンとこないみたいで、首を振る。

なにその得体の知れない料理、みたいな顔をしている。

そこで私はやっと気がつく。

この子、小さな頃から立派なお膳のお料理ばかりを食べてきたのではないだろうか、と。

いわゆる庶民的なお料理を食べずに、私が今朝頂いたような格式高い都料理が、彼にとっての日々のごはんだったのだ。妖王家の御子様であれば、理解できない話ではない。

「ねえ、さっきご飯を食べるのが楽しくないって言ってたけど、どうして？　もしかしてご飯を食べる時は、座敷で一人だったりするの？」

「うん、そうだよ」

竹千代様は何度かチラチラとこちらに視線を向け、ぼそっとした小さな声で言った。

「前まで、お母様やたくさんの女中に見られながら食べてたけど、今は一人。弟が生まれたから、みんなそっちに行っちゃった」

「弟？」

そこらへんに、事情がある気がした。

「……なぜみんな、弟の方へ？」

「なぜって。弟が〝跡取り〟になると決まったからだよ。僕の母は、側室なんだ」

「…………」

「僕はもう、いらないんだって」

色々な言葉を知っている。理解して語っている。

その子の目は強い眼差(まなざ)しを帯びていたが、それはやっぱり、寂しい子供の目元だった。


「あの、律子さん。台所を貸していただけないでしょうか」

私が律子さんの居る部屋を訪ね、おずおずとそんなことを頼むと、彼女は声を出して「おほほ」と笑った。

「ごめんなさい、あまりに予想通りだったもので。そろそろ、そう言ってくるのではと思っていましたよ。竹千代様のことですね」

「え、ええ……。あの子はもしかしたら、食べることが〝寂しいこと〟に繋(つな)がってしまっている気がして」

「その通りですよ。わたくしがあの子を見かけた時、あの子は広いお座敷で、たった一人でぽつんと座って食事をしていました。どれもこれも、高級な宮廷料理ばかりでしたが、むしろそれが、あの子にとっては孤独の象徴なのです。だって、あの子の目はうつろだったもの」

「……なぜですか？　なぜ、そのように放って置かれているのですか。仮にも王族のご子息なんでしょう？」

「そうですね。確かに、かつてはあの子に媚を売るような輩もたくさん居ました。高価なおもちゃやお菓子を送ったり、なんでも言うことを聞いたり、自分の名を覚えてもらおうとしつこく挨拶に出向いたり。……竹千代様は、現妖王の第二王子のご嫡男なのですよ」

私は目をぱちぱちと瞬かせる。それって……

「それって、現妖王様の、お孫さんってことですか？」

「ええ。それも最初のお孫様です。ゆえに〝特別〟でした」

律子さんは、ふっと物憂げに笑う。

「あの子の母は中流貴族の娘でしたが、第二王子の寵愛を受け、側室として嫡子を身籠りました。それが竹千代様です。竹千代様がお生まれになり、母子共々とても大事にされ、宮中でも妖都でも、彼らは日々追われて注目の的でした」

ゆくゆくは未来の妖王になられるかもしれないと、誰もが竹千代様をチヤホヤし、賛美した。誰もが彼らを知りたがった。

「しかしそれもつかの間のことでした。しばらくして正室に男子が誕生したことで、注目はそちらに移りました。竹千代様のお立場は一転し、今はもう、特別扱いなど誰もしません。あの子の母もまた、簡単に変わってしまった周囲の目に心を病んでしまい、ものを食べることができなくなり、今では文門(ぶんもん)の地(ち)の病院で療養の身です」

「……竹千代様のお母さんも、食べることができなくなったのですか？」

「ええ。少しふくよかな方だったのに、心を病んで食べ物が喉(のど)を通らなくなってからは、みるみると痩(や)せてしまって。わたくしも何度かお見舞いに行きました。幼い竹千代様がいつも自分のお菓子を、母に運んでいた健気(けなげ)な姿を覚えています。しかし今はもう母も遠くの地にいて、竹千代様はお一人です。竹千代様は自身を守ってくれる者と、立場を失いました」

それは、聞いているだけで胸の苦しくなる話だ。

もしかしたら、お母さんが食べることをしなくなったから、竹千代様もまた、食べられなくなってしまったのかもしれない。

食べることに対し、罪悪感を抱いているのかも。

「今思えば、自分が邪魔者であることを、敏(さと)い竹千代様は感じ取っていたのでしょう。母と同じように徐々に食べることができなくなり、見かねた妖王様が、従兄弟(いとこ)である縫様に竹千代様の世話を命じたのです」

なんとなくではあるが、事情が分かってきた。

しかし、そもそも妖王様の最初のお孫さんなら、妖王様が守ってあげるのが一番なのではないかとも思ったが、そういうわけにもいかないのが難しいところなのだと、律子さんは溜息をついていた。

「妖王という立場は、自分の守りたいものだけを守れないところが、何より苦しいことだと……そう、前に縫様が言っておられました。放置されていたからこそ、竹千代様は今、生きてここにいるのかもしれない、と」

その言葉の意味は、まだ私には分からない。

ただ、竹千代様を取り巻く状況は、なんとなく理解した。

そもそも竹千代様は、食べること自体に、何か鬱屈としたものを感じている。

特に野菜嫌いなのは、必然的に宮廷料理に妖都野菜のお惣菜が多かったからなのかな。

あの子が嫌いと言ったお料理も、代表的な宮廷料理ばかりだった気がする。

「わたくしもね、あの子が他に何か食べられないかと、色々と試してみたのですよ。これでも現世で若い娘時代を生きた人間です。あちらのお料理を頑張って作ろうとしたのですが……そういえば、わたくし、あまり料理が得意でないことに気がつきました」

「…………」

「わたくしの料理がまずくて、あの子をさらに食事不信にしてしまったかもしれないのです。ああ、なんてことでしょう。なのでわたくしは白夜さんにお願いしました。機会があれば、葵さんの力を借りたい、と」

「白夜さんに？」

そういえば、私に協力して欲しい案件があると、白夜さんは言っていた。

こういうことだったのか。

「よし！　わかりました、あの子のこと、私がなんとかしてみます！」

私は拳を握りしめた。

食べ物が無くて空腹に苦しんだ私と違い、目の前に食べ物があるのに、それが食べられない子供……

事情は違っても、見逃せない。

食べられないことは、やっぱり苦しいことだから。

お屋敷は広く、出会う使用人たちも私には頭を下げるだけで、特に話しかけてくることもない。皆、何かしらのお面をつけていて、表情すらわからない。

このお屋敷には、縫ノ陰様と律子さん、そして数人の使用人が暮らしているだけで、彼らの子供たちはすでに自立し、宮中勤めをしながら別の場所に屋敷を構えているのだとか。

ただ、年末になると縫ノ陰様は宮中の行事ごとに駆り出されるとかで、今は忙しくしているらしく、この屋敷にはいない。

隠居生活を楽しんでいるのに……と律子さんはぼやいていた。

「竹千代さまー」

私は再び、竹千代様を探した。

一緒に、何か食べられそうなものを探そうと思っているのだ。

「竹千代さまー、竹千代さまーどこですかー」

私が名を呼ぶと、その子供は音もなく背後に現れ「なんだ」と不機嫌そうに問う。

ちんまりとしたなりをしているのに、眉間にしわを寄せたその表情が、精一杯自分を守ろうとしているように見え、少し切ない。

「竹千代様！　甘いものと辛いもの、どっちが好きですか？」

私は竹千代様の前にかがみ、笑顔で問いかけた。

いきなりの質問に、竹千代様はビクッと肩を上げて、タタタッと逃げる。

まるで小動物のようだ。

「やっぱり食べ物の質問はNGときたか……」

私は竹千代様を追いかけた。

静かなはずの外廊下をドタバタと足音を鳴らして走り、ひょいと彼の襟を掴む。

「離せ離せ。僕に構うなっ」

「ダメよ。私、律子さんに竹千代様のことを任されたんだから」

「何が目的だ。僕にいい顔したって、もう何にもいいことないぞ！」

「目的？　そんなもの、あなたにご飯を食べてもらう以外に特に無いわよ。私、別に妖王家の跡取り問題や政治的なことに興味無いし、そもそもそんな大それたことに関わる立場じゃないし」

「じゃあお前、一体何なんだ！」

「私？　私の名前は津場木葵。天神屋で夕がおって食事処を開いている、ただの人間よ」

「……津場木？」

暴れていた小さな竹千代様がピタリと大人しくなる。

あら、そこに反応したってことは……

「もしかして竹千代様。おじいちゃんのこと知ってる？」

「それは……とっても強い、あの津場木史郎のことか!?」

竹千代様は、襟を掴んでいた私の手を振りほどく勢いで振り返り、私を見上げる。そのキラキラとした瞳といったら。

まるで、少年が大好きなヒーローの名を聞いた時のよう。

いや、おじいちゃんはこっちじゃダークヒーローだったと思うのだけど、まあ確かにそういうのがかっこいいって思ったり、憧れたりする子どももいるだろうからな。あやかしだし。

「津場木史郎は私のおじいちゃんよ。私は孫なの」

「……孫」

竹千代様は、孫という言葉に、わずかに心乱されたようで、キラキラとしていた目元がわずかに陰る。

そうだ。この子は現妖王様の、最初の孫なのだ。

私は慌てて話を進めた。こうなったら、とことんおじいちゃんを使い倒そう。

「ね、ねえ！　なら津場木史郎が食べていた現世のお料理、食べてみない？」

「!?」

竹千代様はまた顔を上げた。やっぱり津場木史郎には興味があるのだ。

「津場木史郎の食べてた料理を食べたら、僕も強くなれるか？」

「強く？」

「強い男になれるか!?」

前屈みの姿勢になり、必死な形相で問う竹千代様。

竹千代様は強くなりたいと、まず第一にそう考えている。

私は顎に指を添え、少しだけ考え、

「……そうね。これでも私、おじいちゃんに毎日ご飯を作っていたもの。それと、私のお料理は霊力回復率がとてもいいんですって。だから私の料理を食べ続けていたら、まずは元気になって、その後きっと強くなれるわ。きっとね」

そんな言葉でおびき寄せ、竹千代様を手招きする。

さっきまで警戒心ばかりだった竹千代様は、そろりそろりと、私に近寄った。

これまた、警戒心が少し解かれた小動物みたい。ちょっと可愛い。

さあて。現世のお料理で、竹千代様が食べてくれそうな、現世らしいお料理は何だろう。

カレー？　シチュー？　ハンバーグ？　うーん……

子供が好きなお料理の名前を連ねてみても、いまいちしっくりこないな。できればやはり、野菜嫌いを克服してもらいたいし……

「あ、そうだ。お子様ランチ！」

「……お子様？」

ひらめいたと言わんばかりの私。その一方で、気難しい膨れっ面になる竹千代様。

どうやら子供扱いされたくないみたいだ。

「あっ、違うの。これはね、強くなる秘訣と子供の夢がたっぷり入った、魔法のお料理なの。そうね、子供にしか見えない面白さが隠れているというか」

「？？？」

私が何を言っているのか、竹千代様にはよくわからないみたい。

だけど、お子様ランチ、いいかもしれない。

見た目も楽しく、子供の好きなものを揃えた、ファミレスの定番メニューだ。

ハンバーグやエビフライ、チキンライスなどが王道だが、こういった中に野菜を忍ばせたら、面白楽しく、それでいて美味しく食べてくれるのではないだろうか。

そうだ。おじいちゃんが好きだったお料理も加えよう。

酒のつまみばかり好きだったひとだけど、不健康になりがちなおじいちゃんのために、私が苦労してあれこれと野菜を混ぜ込んだものだ。

「竹千代様、好きな野菜はありますか？」

「ない」

「なら嫌いな野菜は？」

「大根、人参」

なるほど。妖都野菜に代表される二つか。

じゃあ……それ密かに入れてみましょう。ふふふ。

「というわけで、まずは食材を集めに行きましょう。自分で食材を選んだほうが、より効果を発揮して、強くなれるわ」

「そうなのか？」

我ながら意味不明で適当なことを言ってそそのかしたけれど、竹千代様は徐々に子供らしい反応を見せるようになってきた。

「おじいちゃんは危険な場所に自ら飛び込み、欲しいものは全部手に入れてあとは逃げるような奴だったわ。ああはなっちゃいけないけど、まずはお外に出て、食材を自分で選んで手に入れましょう」

さあさあ、と竹千代様を外に促す。

少々肌寒いが、竹千代様は下駄を履くと、庭の白い砂利を踏んで走り回っていた。子どもは風の子っていうからね。私のほうが身震いしてしまう。

さて。縫ノ陰邸の停泊場では、こっそりと話を聞いていた律子さんが、先回りしてすでに舟を用意していた。

宙船というよりは木の小舟で、ここから見下ろす妖都の空を見ていると、その小舟があっちへこっちへ行ったり来たりしている。

近場を買い物したりお出かけするには、大きな宙船よりこちらのほうが身動きしやすいのだろう。

船頭に支えられながら、竹千代様が舟に乗り込む。私も乗り込む。準備万端の律子さんも乗り込む。律子さんがこそこそと耳打ちした。

「竹千代様をここまで連れてくるとは。流石ですね、葵さん」

「えーっと、おじいちゃんで釣りました」

「ふふ。最近流行りの子ども向けの絵本で、津場木史郎が義賊として活躍しているものがありますから、きっとそれの影響でしょうね」

「え……そ、そうなんですか？」

なんだかよく分からない汗が頬をタラーッと伝う。

子どもの頃、少なくとも二、三本、誰もが知る子ども向けのアニメってあったけれど、そういうのに近いのだろうか。

「あのう律子さん、その絵本、どこかで手に入れることはできますか？」

「ええもちろん。帰りに妖都の図書館に寄りましょう」

さて、私たちはそれぞれお面をつけて、小舟に乗り妖都に降りていく。

私と律子さんはおたふくのお面、竹千代様は河童のお面だ。

すいすいと宙を漂う感覚は、いつも乗っている宙船とは少し違って面白い。

下を見ると、あまりの高さにヒヤリとしてしまうが、数多くの空中回廊によって繋がっている高層建造物の隙間を、手慣れた船頭が、空気をとらえる特殊な櫂で空中を漕ぐのだ。

あやかしたちの住む、和の大都市。

細長く巨大な塔をぐるりと囲んだ外回廊から、数々の店の店員たちが客寄せをしている。

客は小舟の上から、店の品物や今日のおすすめをチェックするのだ。

小舟をあちこちにある船着場に寄せ、あやかしの客たちは回廊や長い宙橋を渡り目当ての店へと向かう。

「……そっか。私が前に訪れた妖都は、もっと外側だったんだ」

中心はこんなにも先進的で、発展の限りを尽くした都だったのだ。

「ここは貴族や役人、富豪層が暮らす、最も発展した上級階層〝月ノ目区〟です。宮殿に最も近い都心部で、物価は高いですが、何でも手に入ります。現世のものも、手に入りやすいです」

「確かに今まで見てきた隠世とは、なんだか雰囲気が違うなと思いました」

建造物が高いせいで日光はあまり入ってこないが、この陰の中で栄えている雰囲気が、あやかしの世界らしいといえば、らしい。

小舟の間を、鳩頭のあやかしが列を作り、白い羽で空を切って飛んでいる。

あれはこの周辺を警備している、銀鳩部隊と言うらしい。妖都の警察のようなもので、例えばこの小舟から落っこちた時など、いち早く気がつき、確実に助けてもらえるらしい。

面白いなあ。

私はまだまだ、隠世を知らない。驚いてばかりだ。

「竹千代様、体を出しすぎては危ないですよ。銀鳩が助けてくれるとはいえ」

律子さんが、小舟から顔を出し外の営みを眺める竹千代様に注意する。

「だって……見たことないものばかりだから。こんなにたくさんの船が飛んでるところ、初めて見た」

竹千代様は、それでもその視線を、この賑わいから逸らすことはなかった。

どうやら、以前住んでいた王宮からこのような市街へ出たことは、一度もなかったらしい。当然、あやかしたちの営みをこんなに間近で見ることはなかっただろうし、この熱量のある壮大な景色は、彼の興味をそそるのだろう。なんといっても男の子なので、船なんかの乗り物が特に気になっている様子。

律子さんも、縫ノ陰邸に慣れるまでしばらくはと、竹千代様を買い物に連れて行くことなどしなかったらしい。むしろ外を恐れるかもしれないと、慎重になっていたとか。

「でも、こんなに興味をもってくれるのなら……外に連れ出すべきでしたね。これはわたくしの落ち度です」

「子供って、とても純粋ですから。私たちにはもう、気がつけないこともありますね」

私たちはお互いに顔を見合わせ、困ったように、クスッと笑う。

竹千代様の鬱屈としていた気持ちが、少しずつ少しずつ揺り動かされるのは、いいことだ。

「さあ、ここですよ。わたくしのオススメの八百屋です」

船着場からすぐそこにある、賑わった巨大な八百屋にたどり着いた。

律子さんオススメの八百屋には、新鮮な野菜ばかりが並んでいる。

「わあぁ、大きな八百屋さん！」

旬の妖都野菜はもちろんのこと、季節外れの野菜も並んでいるし、見たことのない巨大なカブや、どこまでも積み上げられたかぼちゃ、青々しい水菜の束、ゴロゴロと立派なじゃがいもの樽、まだ土のついた穫れたて大根など。

店内のどこを見てもわくわくしてしまう。

「竹千代様、見て、大根よ」

私は店先に並んでいた大根を一つ手に取り、それを竹千代様に見てもらう。

真っ白で張りがあり、葉っぱも威勢良く青々としている。

竹千代様は、これが嫌いな大根であることに少し驚き、目をぱちくりとさせる。

「……大根、嫌い」

そうは言いながらも、大根の表面にそっと触れたりする。

「調理される前の、本物の大根は初めてみたんじゃない？　硬くて冷たくて、素敵な形をしているでしょう。これ、新鮮で美味しそうだから、買って帰りましょう」

店の買い物カゴに、まずはその大根を入れる。

「気になるものがあったら、言って。買って帰るから」

竹千代様の手を引いて八百屋の中に進むと、彼はきょろきょろと、いろいろな野菜を確かめていた。まだまだ、得体の知れないものを見る顔をしているが……

「あ、高菜漬けだ」

自分は自分で、興味深い野菜を見つけてしまった。

野菜というより、樽に漬け込んだ漬物だ。

丸ごと漬け込んだ高菜漬けを、一束丸ごと樽から引き上げて、桶に入れて買って帰ることができるらしい。

この八百屋には生の野菜の他に、野菜のお漬物もたくさん置いてある。

妖都では妖都野菜がよく食べられるその過程で、お漬物の文化も発展しているのだと聞いた。

「高菜漬けは、この時期に穫れる高菜を使って作られた新しいものみたいですね。高菜も妖都野菜の一つなんですよ」

「よし。私、この高菜漬けを買って帰ります！」

高菜漬けって、とにかく万能だ。チャーハンや麺もの、おにぎりの具など、様々なお料理のアクセントになる。

「それ……美味しいのか？」

高菜漬けの桶を覗き込み、竹千代様はうっと顔を引っ込めた。

確かに、ちょっとクセのある酸っぱい臭いがするわよね。

「高菜漬けはね、おじいちゃんの……津場木史郎の大好きなお漬物だったのよ。竹千代様には、とっておきの食べ方を教えてあげるわ」

やはり津場木史郎というワードは強い。

竹千代様はその言葉だけで、「ふうん……」と。もう嫌な顔をせずに、

「気になる……」

そう、ボソッとつぶやいて、私の手をぎゅっと握ったのだった。

初めてだ。竹千代様の口から、食べ物に対し気になるなんて言葉を聞いたの。

でも、それが私には嬉しくて、やる気がどんどん漲ってくる。

「よし、ガンガン買ってくわよ！」

その八百屋では、立派な霜降り白菜と、色鮮やかな人参、冬の定番のじゃがいもなどを選んで買う。

あと竹千代様がまだ食べたことがないと言っていたトマトも。

トマトは夏野菜で、隠世でも最近やっと食べられるようになった希少な野菜だが、妖都では地下栽培が最近発展しているとかで、このトマトも地下栽培で作られているらしい。

パッケージの隅っこにモグラの絵が描かれていて、それが地下栽培の印なのだとか。

「竹千代様、他に気になる野菜はありますか？」

「んー」

可愛らしく口元に指を当てながら、竹千代様は「あっ」と声を上げる。

「あれ。あれの形が奇妙で気になる」

「あらお目が高い。ブロッコリーですか」

こちらでは〝芽花野菜(めはなやさい)〟と書かれていたが、それはまごうことなくブロッコリー。

この大胆な形状が、確かに大爆発って感じで面白いわよね。

「よし。じゃあブロッコリーも買っていきましょう。ブロッコリーは栄養価も高いし、ただ茹(ゆ)でて添え物として出すのにも優秀だけど、冬の煮込み料理にもうってつけだものね」

徐々に、お子様ランチの中で、何のお料理を作ればいいか、見えてきた。

「あっ、でもそういえば、私、お金持ってきてない！」

そんな大事なことに、今更気がつく。

だって昨晩、私はこの身一つで妖都に降ろされたのだから。


「……すみません律子さん、支払っていただいて」

ひとまず律子さんがお金を払ってくれた。私は申し訳ない思いで項垂(うなだ)れている。

「おほほ、その点はご心配なく。夕がお関連の領収書はもれなく白夜さんに行きますから」

「うう、それはそれで怖い……っ」

夕がおは直接農園から仕入れているし、そもそも鬼門の地の物価はそれほど高くない。

それに比べてたまげたのは、この妖都の中心部の物価の高さだ。

妖都野菜が特別高級なのに加えて、このあたりの物価はとにかく高い。さすがはセレブの街。

調子に乗って色々と買ってしまったけれど……最終的に白夜さんに行く請求額は、いくらくらいになるだろう。冷え冷えとしたあのひとの表情が見える。

あれ、竹千代様、みかんを一つ手に持っている。どうやら律子さんに、みかんを一箱買ってもらったらしい。それがなんだか子供らしくて可愛い。

「竹千代様、みかんは食べられるんですか？」

「うん。みかんは好き」

「どうして？」

「……おじい様が、よくくれたから」

「………………」

おじい様。妖王様のことだ。

可愛がられていた頃の記憶が、この子にも確かにある。

それは大事な思い出なのだろう。私だって、祖父がくれたものや、食べさせてくれたものは、なんだって覚えている。

小粒だが皮の柔らかいみかん。

私も冬になると、おじいちゃんとよくこたつで食べたなあ……


その後も食材を探した。

牛と豚の合いびき肉、乳製品や小エビなどを買い揃え、食材は船頭に運んでもらって、私たちはその次に、この〝月ノ目区〟にある図書館へと向かった。

月の杜(つきのもり)図書館。

そこは広大な屋上庭園の中に存在する、古い洋館だ。

かつて西洋の文化が少しずつ入りだした明治の頃、ヨーロッパで建築を学んだ一人のあやかしが隠世に戻ってきた際に建てた、この世界で最初の洋館だったとか。

中へ入ると、高い天井と、その壁一面の本棚に圧倒される。

天窓から差し込む光と、古い紙の匂い、おとぎ話の中のような光景に、なんだかドキドキしてしまう。

「ああ、ありましたよ。絵本の棚です」

律子さんが最初に見つけてくれた。

落ち着きのある木の本棚が並ぶ絵本のコーナーには、子供たちが数人いたが、皆いかにも貴族の出というような、気品ある出で立ちの子供ばかりだ。

しかしあやかしに見た目の年齢は関係ない。

子供に見えても長寿の大人だったりするので、ここの子供たちが本当に見た目の歳相応の子供なのか、疑ってしまう……

「あ、〝シローのぼうけん〟あった！」

竹千代様がパッとその絵本に飛びつく。

それはおすすめの棚に置かれていたので、すぐに見つかった。

「竹千代様は、どうしてその絵本が好きなの？」

「……おじい様がくださった絵本だ。膝に抱えてよく読んでくださった」

「………………」

そっか。そういう思い出も、この子の中にあるのだ。

やっぱり、妖王様は竹千代様を、心から大事に思っているのかもしれない。だからこそ、縫ノ陰邸に預けたのではないだろうか……

竹千代様が畳の座席に座り込み、絵本を夢中になって読んでいる。私はその絵本を覗き込んで、内容を確かめてみた。

シローという人間の男の子が〝かくりよ〟にやってきて、現世の〝おかしなおかし〟を配りながら、あやかしを仲間にして悪い鬼を退治する。そんな、桃太郎じみたお話。

あやかしの世界でも、悪いあやかしの代表格は鬼なのね……

「それにしても、おじいちゃんの存在が子供の絵本にまで浸透してるなんて。世も末だわ」

「ふふ、それだけ津場木史郎という人間は、隠世に大きな影響を持っていたということです。なんというか、彼をモデルにした本はとにかく売れるんです」

「へ、へえ……」

おじいちゃん、隠世での影響力は相変わらずで……

「津場木史郎は恐れられてもいましたし、悪さもしたので嫌われてもいましたが、一方で隠世の英雄でもあります」

「英雄？」

「ええ。それは噂話でしかないのですが、彼は隠世のあやかしのため、巨大な敵に立ち向かったとかなんとか。それがなんなのかはわからないため、誰もが理想の物語に綴るのです。津場木史郎というダークヒーローが、いったい何と戦い、何を成したのか」

「あの、おじいちゃんが？」

「ええ。それはただの噂かもしれませんが、その手の物語に需要があるということは、誰もがそうであったと信じたいのです。やはり、あの男はただのクズではなく、我々にとって英雄であったのだ、と。……あらやだ、ごめんなさい。知りもしないのにわたくしったたらクズだなんて。葵さんにとってはおじいさまなのにね」

「いえ。特に反論もないので、全く問題ありません」

私はキリッとした顔で断言。

しかし、こんな時にふと、思い出される。

以前、銀次さんに聞いた、おじいちゃんの抱える呪いの話。

それは、この〝何かと戦った〟という噂話と、関係があるのだろうか。


縫ノ陰邸に戻ってくると、私たちはさっそく買ってきた食材を使って、お料理をすることにした。

「よし。〝葵のお料理教室〟のはじまりよ。竹千代様も一緒に作りましょう。自分で作らないと、意味が無いですからね」

「う、うん」

竹千代様はどこか緊張気味だったが、やる気はありそうだ。

着物をもう少し軽いものに着替えてもらい、たすきがけをする。調理台に背が届かないので、踏み台も用意する。

律子さんもお手伝いしてくれるらしく、すでに割烹着姿。

「うふふ。葵さんからお料理を教わって、今度縫様に作ってさしあげましょ」

なんて、可愛らしいことを言って。しかし確かお料理が苦手と言っていたので、彼女のこともしっかりみておかなければ……

「……何を作るんだ？」

竹千代様が、おずおずと聞いてきた。

食べたくないと言っていた手前、料理に興味を抱くことを恥ずかしがっていると見た。

なので私は、ごく自然に、献立を発表する。

「一つ、ロール白菜のトマトクリームシチュー煮込み。二つ、大根入り芋餅。三つ、高菜ピラフよ。デザートはおこたで食べる冷凍みかん。以上」

「……？」

おそらく、聞き覚えの無いものばかりで、呪文のようだっただろう。

なんせ、現世のお料理をベースにしたものばかりだ。

「じゃあ竹千代様にはまず、人参の皮を剝いてもらいましょう」

「人参……嫌い」

もの凄く渋い顔になる竹千代様。

「そういえばそうだったわね。でも、人参はクリームシチューに必須なの。まあ竹千代様が食べなくても私が食べたいから、お手伝いはしてちょうだい。子供用の皮剝き器も買ってきたから、これでスルスル、皮を剝くの」

まずは人参のヘタの部分を切って、皮を剝きやすくしてから、実践して見せた。

ぴろぴろと剝けた皮が面白いみたいで、なんとなく竹千代様に笑顔が見られる。

「……やってみたい」

嫌い嫌いと言いつつ、お手伝いに関してはやる気を見せはじめたので、人参と皮剝き器を手渡す。

一生懸命皮を剝いている竹千代様。そうそう、上手上手と褒めながら、怪我をしないようしばらく見守っていた。

竹千代様が剝き終わった人参を、今度は薄く輪切りにして、縫ノ陰邸の厨房(ちゅうぼう)から貸してもらった桜の型抜きでくり抜いてもらう。

「桜！　桜だ！　葵、できた！」

竹千代様が、ここで初めて私の名を呼んでくれた。

綺麗(きれい)に作れた桜型人参が嬉(うれ)しいみたいで、ちょっと興奮気味。嫌いな人参のはずなのにね。

私もまた、自分の名を元気よく呼んでくれたことが嬉しくて、「よくできました」とたくさん褒める。竹千代様は自分で切り抜いた桜型人参を板の上に並べて、一つ一つ数えていた。

私は次に、立派な霜降り白菜を一玉、ドーンと台の上に置く。

「じゃあ、次はロール白菜を作ります。竹千代様と律子さんには、妖都野菜でもある冬の霜降り白菜を一枚一枚剝いてもらい、水で洗って、しっかり土を落としてもらいます」

「まあ、ここ何十年もしてこなかった作業ですわね」

「旬の白菜にたっぷり触れてもらうためです。いいですね」

はーい、と、竹千代様と律子さんが二人して手を上げる。まるで料理教室の生徒が二人いるみたいだ。

「私はその間に、ロール白菜の中身になる肉だねを作ります。豚と牛の合いびき肉に、玉ねぎを刻んで混ぜ合わせたものです」

「ハンバーグみたいなものですか？」

「ええ、そうです律子さん。ロール白菜は、ハンバーグを白菜で包んだもの、と言うとイメージしやすいかもしれませんね」

そうして、高貴な身の上の竹千代様と、貴族のご婦人の律子さんに、せっせと白菜の下処理をさせる私……

その間に、私は予定通り肉だね作りに励んだ。

まずは平鍋(ひらなべ)で、みじん切りの玉ねぎをあめ色になるまでじっくり炒(いた)める。

あめ色玉ねぎを取り出すと、ボールに入れて、合(あ)いびき肉と出汁(だし)と塩胡椒(こしょう)で味付けをしながら混ぜ合わせ、ハンバーグより少し小さめの俵型に丸めた。

　さっき玉ねぎを炒めた平鍋でバターを溶かし、牛乳、小麦粉を入れて混ぜ合わせ、ホワイトソースを作っておく。

「葵、白菜おわったー」

　竹千代様がまた名前を呼んで知らせてくれた。

　二人は一玉まるまる、白菜を剝いて水洗いしてくれたみたいだ。

　この白菜は大きな鍋で軽く蒸して取り上げ、破れないように台の上に綺麗に広げると、芯の部分を麺棒で叩く。男の子が好きそうなので、竹千代様にも手伝ってもらった。

「これ何に使うんだ？」

「ん？　この白菜でね、用意したこの肉だねを巻いていくの。一度やってみるから、しっかり見ててね」

　私の作業を、竹千代様と律子さんがじーっと見つめる。

　白菜に、俵型に丸めておいた肉だねをポンと置いて、それをくるくる巻いて巻いて……最後は爪楊枝を刺し、ぎゅっと留める。

「ちょっと難しいかもしれないけど、やってみる？」

「うん！　やってみる！」

　食べることが嫌いなはずなのに、すっかりお料理を楽しんでいる竹千代様は、この作業にも意欲的だ。

簡単だが手作業の多い料理を選んだのは、こうやって野菜に触れて、自分でお料理を作ったと実感してもらうため。

今はまだ、〝嫌い〟でも〝食べたくない〟でもいい。

自分で作るこの過程を楽しいと思えたなら、最後はそれを、食べてみたいと思うはずだから。

「では律子さん、竹千代様を手伝ってあげてください」

「わかりました。ふふ、葵さんはやっぱり頼もしいですね。きっといいお母さんになりますよ」

「おっ、お母さんだなんて、そんな」

なぜか頬が熱く火照る。

竹千代様に「葵、顔赤い」と指摘され、私は首をぶんぶんと振った。

律子さんと竹千代様が、手間取りながらもロール白菜を用意している最中、私はさっき作ったホワイトソースで、冬に美味しい和風トマトクリームシチュー作りに取り掛かる。

いりこでとった出し汁の鍋に、用意していたホワイトソースと酒、皮むきトマトをミキサーでジュース状にしたものを混ぜて、しばらくコトコトと煮込む。

また別の蒸篭でブロッコリーと桜型人参、じゃがいもやとうもろこしを蒸しておく。

「で、できた……葵。ロール白菜とかいうの」

「わあ、大変よくできました」

竹千代様と律子さんの作ったロール白菜は、若干いびつな形をしていたが、初めてにしては上出来だ。これを別の鍋に敷き詰め、上からトマトクリームシチューをゆっくりと流し込んで、蒸した桜型人参、とうもろこしの粒を加えてしばらく煮込む。約二十分。ブロッコリーだけは出来上がる直前に入れたほうがいい。

「竹千代様、疲れたでしょう？　少し休憩にしましょう」

「ん、んん」

竹千代様はハッとして首を振る。

でもやはり少し疲れて見えたので、私は竹千代様に少し休んでもらうことにした。

「トマトクリームシチューを煮込んでいる間は、休憩時間よ。あ、そうだ。その間に、爪楊枝で旗を作ってくれるかしら」

「旗？」

「ええ。小さな旗だけど、好きなマーク……模様とか？　描いてちょうだい」

前もって用意していた、白紙を貼り付けた爪楊枝の旗。

竹千代様は何がなんだか分かっていなかったが、あとは律子さんに任せ、竹千代様を厨房から連れ出してもらう。

まだ何かやりたそうだったので、こちらも下準備を終えて、後からまた仕上げの作業を手伝ってもらうことを約束した。

「さーて。ここからは私がちゃっちゃかやってしまわないとね」

まずは、妖都野菜の〝北楽大根〟をすりおろす。みずみずしく、ちょっと舐めてみると濃い甘みの中にピリッとした辛さもあり、良い味がする。

また、先ほど蒸篭で蒸していたじゃがいも。

これはシチューに使うわけではなく、今から作る〝大根入り芋餅〟のじゃがだ。

蒸したじゃがと、すりおろした大根をボールで潰し、しっかり混ぜて、小麦粉と片栗粉を加えて、捏ねて捏ねて捏ねて、丸めて丸めて丸めて……

「よし。あとは焼くだけ」

フライパンに油をひいて熱し、丸く平たくしておいたこれらの表面をカリッと焼いてしまえば出来上がり。

一つ味見をしてみる。ほくほく、もちもち、外側はカリッと。

大根入りでジューシーかつヘルシー。うん美味しい。大根を食べている感じが全くしないわ。

「大根入り芋餅は、おじいちゃんの得意なおつまみでもあったわね」

まだ料理をはじめたばかりのころに、おじいちゃんから習ったお料理でもある。

実は小さいころ、私も大根が嫌いだったから、おじいちゃんが大根克服のために教えてくれたのだ。

酒のつまみとしても優秀だが、子どもも大好きな味をしている。お子様ランチとしては、コロッケの代わりかしら。

「さーて、最後は高菜ピラフよ」

高菜ピラフ。またの名を高菜チャーハン。

現代日本でも、時々食卓に上がることのある、定番のお料理だ。

お店で買った高菜漬けを刻んで、ご飯を炒めながら混ぜ合わせるのが定番だが、私はこの高菜に一手間を加えたい。

高菜漬けを〝高菜の油炒め〟にするのだ。

「高菜漬けは酸味が強くて、お漬物感が強いけれど、高菜の油炒めは甘さとピリ辛さ、まろやかさが加わって、とても美味しいのよね」

高菜の油炒め。それは九州で親しまれている家庭の味だ。

高菜漬けを取り出してぎゅっと絞り、ざく、ざくと高菜漬けらしいいい音を鳴らして細長く刻む。フライパンで、ごま油と輪切りの鷹(たか)の爪を熱し、香りがついたところで刻んだ高菜漬けを炒め、醤油(しょうゆ)、酒、みりん、砂糖、出汁をとった後のいりこを加えて水分が無くなるまでしっかり炒める。

して出来上がり。

ごま油の香りが際立ってきたら、ちょっと味見をして、甘辛く仕上がっているのを確認

この高菜の油炒め、白ごはんの上にてんこ盛りにして、ガツガツ食べるのが一番のオスス

スメ。きっとごはんをおかわりしてしまうから。

「でも、今日はピラフよ」

玉ねぎ、人参(にんじん)、ブロッコリーの芯、などなど、今まで使った野菜を、実は少しずつ刻ん

でとっておいた。あととうもろこしの粒。

これらをバターで炒め、白ごはんと高菜の油炒めを加えてまた炒め、ごはんがパラパラ

としてきたところで、塩胡椒で味を整えて出来上がり。

高菜の油炒めにしっかりとした旨(うま)みがついているので、これだけで十分美味しい。

「よし。あとは盛り付けるだけだわ」

ここで再び、竹千代様と律子さんを呼んだ。

二人は待ってましたと言わんばかりに、すぐやってきた。

「わあ、いい匂いがしますねえ、葵さん」

「……いい、匂い」

竹千代様も、ボソッと。

そろそろ空腹も刺激されてきたか、ぐうっとお腹を鳴らして。そのことに、竹千代様も

驚いて、思わず自分のお腹に触れている。

だけどまだ、食べたいとは、言わない。

「竹千代様、盛り付けを手伝ってくれる？」

「……盛り付け？」

私は彼の前で、お手本を作って見せた。

用意してもらったのは、平たい大きなお皿だ。普通は前菜などを細々載せて彩る、料亭などで使うお皿のようだが、今回はお子様ランチのプレートとなる。

まずは丸い小鉢に、さっきの高菜ピラフを詰め込み、このプレートの上にひっくり返して落とす。見事ドーム型のピラフの出来上がり。

「おお～」

律子さんと竹千代様が、感嘆の声を上げる。

「竹千代様。旗はできた？この頂点に旗を立てるのよ」

竹千代様は言われた通り、握りしめていた旗を高菜ピラフの上に立てる。

その旗には、見覚えがあるような無いような……何か家紋のようなものが描かれている。

桜の模様だ。

「それは、妖王家の紋章ですよ。重円の桜、と呼ばれています」

二重の円の中に描かれた桜。なるほど。

それでさっき、桜型の人参を作っていた時も、ちょっと興奮気味だったのかな。

「えーと、なら私は、丸天の紋」

「わたくしは縫様の杜若の紋章」

私と律子さんもそれぞれ、一番親しみのある紋章の旗を作り、それぞれドーム型の高菜ピラフの頂点に刺す。

「あとは、深さのある手のひらサイズのお皿に、煮込んだロール白菜一つとトマトクリームシチューを注いで、手前の空いているところに、芋餅を並べて……」

隙間に角切りトマトや、余った桜型人参などを並べて、ワンプレートを綺麗に整えたら、なかなか豪華なお子様ランチの出来上がり。

定番のエビフライやコロッケなんかは無いけれど、いやいやこれはお子様ランチ。誰がなんと言おうとお子様ランチ。

子供の大好きなメニューが出揃っている上に、野菜もとれる。

竹千代様だって、一生懸命お手伝いしてくれたんだから。

「さ、いただきましょう！　竹千代様」

「……………」

しかし竹千代様は、出来上がったワンプレートのお子様ランチをじっと見て、口を開けたり閉じたり。食べたい、という一言が出てこない。

「やっぱり、食べたくないですか？」

改めて問いかけると、竹千代様はぐっと拳（こぶし）を握り締め、まるで戦に出て行く男のような顔をしてから、

「食べる」

と断言したのだった。

そうか。今の竹千代様にとって食べるということは、そうやって勇気を振り絞って一歩進む、ということなのだ。

私たちはいそいそと、お子様ランチをお隣の座敷に運ぶ。

実のところ、先に律子さんに言ってこたつを用意してもらっていた。

小さなちゃぶ台のこたつだが、三人なので問題なし。

ギリギリ三つ分のプレートと、それぞれの湯のみが置けるくらいのスペースだ。

だけど身を寄せ合って、子ども一人と大人二人が、揃ってお子様ランチを食べるのも悪くないわよね。

もう夕飯時だけどね。お子様ランチ食べるにしては、和室すぎるけどね。

「いただきます！」

しかしもうそんなことは関係ない。待ちきれない。

あんなに食べることを嫌がっていた竹千代様も、覚悟を決めてしまってからは、早く食べてみたくて仕方がないという顔をしていた。

自分が買ってきた野菜。自分が手伝ったお料理。

いったいどんな味がするのだろう。

気にならないはずがない。

私もそうだった。おじいちゃんのお料理を手伝い始めた頃、たとえ嫌いな食材を使ったものであっても、それが最終的にどんな味になっているのかとてもとても気になっていた。

好きとか、嫌いとかではなく、より大きな好奇心が働く。

それが、好き嫌いを超えた空腹へと繋がるのだ。

竹千代様は、まずロール白菜を煮込んだトマトクリームシチューを、匙で掬って一口飲んでみて、

「……美味しい」

驚いたような顔をして、ボソッとつぶやく。

煮込んだ桜型の人参も、まじまじと見つめたあとに、このシチューと一緒に食べる。

嫌いな野菜のはずだったが、苦労して作業した分、とりあえず一口食べてみようと思えたみたいだ。

「どう？」

「……人参は人参だ」

「あはは。そりゃあ確かにそうかもね」

やっぱり嫌いな人参の味がしたみたいで微妙な表情だが、まずは一口、食べてみることが大事だ。

それに人参はシチューで煮込むと、柔らかさと甘さが際立ち、人参っぽい味も少しは緩和される。竹千代様は眉間にシワを寄せながらも、トマトシチューの力を借りて、残り三つあった桜型人参をぱくぱくと食べきってしまった。なんて偉い！

外に出て動き回って、帰ってきてからもよく働いた分、お腹が空いていたのだろう。

空腹は最高のスパイス。ちょうど、嫌いなものを食べる後押しをする、そういうタイミングだったのかもしれない。

「トマトシチューで煮込んだロール白菜も食べてみてよ。肉汁が滴るから気をつけて」

「うん。あ……こっちはとても、美味しい」

ロール白菜はトロッとしていて変なクセもないし、何より巻いた肉だねから溢れる肉汁が、白菜の隙間にしっかり染み渡っていて美味しい。

「まあ葵さん。こちらの高菜炒飯、とても美味しいですね。これ、高菜漬けを一度ごま油で炒めているのですか？ なんだかとても懐かしい味……」

「九州の田舎料理ですからね、高菜の油炒め。九州出身の律子さんにも、親しみやすい味かと思って」

　律子さんはどうやら、懐かしさを感じる高菜ピラフに夢中。

「葵、葵、これなんだ？　芋か？」

「ええ、そうよ。これ、実は津場木史郎がよく食べていた、強さと元気の源。表面がカリッとしていて美味しいわよ。味はついてるけど、用意したお醤油のタレをつけてもいいわ」

「ふーん。あ、美味しい……カリカリ」

「ふふふ。実はそれ、大根入りなんですけどね」

「えっ⁉」

　大根入りだと暴露したところ、竹千代様は青くなっていたが、それでも一度美味しいと思った自分の感覚を否定できないみたいで、やはり芋餅をカリカリ食べ続けていた。

　そう。

　こんな風に、みんなで感想を言い合いながら食べるのが素敵だ。

　竹千代様も、昨日初めて会った時は、笑顔の少ない気難しい幼子だったが、今は年相応の幼気な笑顔で、一つ一つのお料理を食べてくれる。

　だけど、最後の一口を食べる直前、彼はその動きを止めて、こんなことを語った。

「いつかこのお料理を……お母様にも、食べてもらいたいな。こんなに美味しいお料理なら、食べられると思うんだ」

「なら、竹千代様が作ってあげるのが、いいと思いますよ。私、今日作ったお料理を紙に書いてまとめますから、いつかお母様に作ってあげてください」

「……うん！」

今までで一番、キラキラした目をして、竹千代様は頷いた。

病の母を差し置き食べることへの罪悪感を、いつか自分の料理を母に食べてもらいたいという願いや目標が上回る。

それができてやっと、この子は本当の意味で、食べることを楽しめるのだと思う。

最後にデザートとして、皮を剝いて凍らせただけのみかんを持ってきて、こたつで食べた。お料理ってほどでもないけれど、最初はカチンコチンの一粒、じわじわと溶け始めシャリっと冷たい一粒、そんな風に味わい方の変化を楽しむのもありだし、何よりこたつで食べるみかん、あえて楽しむ冷たいデザートって、特別美味しく感じるわよね。

これもまた、冬の風物詩である。

「ふふ。竹千代様ったら、今日はこんなに早くから寝てしまって」

律子さんは、お腹いっぱいで横になって眠る竹千代様の頭を撫でた。

　可愛らしい、子供らしい寝姿だ。

　ここ最近、ほとんど食べず、寝付けずの状態だったらしい。

　やはり王宮を追い出されたと思い込み、子供ながらに鬱々とした気分を拭えず、塞ぎ込んでいたのだろう。かわいそうだ。

「なんとか、食べてくれて良かった」

「葵さんのおかげです。この子を外に連れ出し、体や手を動かして、料理を一緒に作ってくれて……子を何人も育ててきたわたくしでも、なかなか難しいことでしたのに」

「これは私の力というより、おじいちゃんの存在が大きかったかと。私はおじいちゃんの偉大な影響力にのっけて、お料理を作っただけですから」

　今まで何度も、おじいちゃんに助けてもらっている。

　祖父が津場木史郎であったがために因縁をつけられることもあるけれど、やっぱり助けられたことの方が多い。だからこそ、一つも憎めないのよね。

「子供はやはり、笑顔でご飯を食べなければなりませんね」

「ええ。笑顔のある食卓は、活力を養う、何よりの薬ですから。私も、そうでした。おじいちゃんが、そういう食卓を作ってくれたんです」

　その日の夜、私は約束通り、今日一緒に作ったお料理のレシピを紙にまとめた。

あんまり上手ではないけれど、イラスト付きで。

私がいなくても、いつか竹千代様が今日のお料理を思い出し、一人でも作ることができるよう、できるだけ具体的に書いた。

どんなに辛いことがあっても、心が病んでいても、美味しい食事、心の温まる食卓があれば、身も心も静かに癒されていく。

いつの日か、竹千代様のお料理を彼のお母様が食べて、美味しいと言って元気になる日がきますように。

母と子がいっぱいいっぱい、元気になりますように。

きっとそれが、竹千代様にとっての、最後のお薬だから。

第四話　妖都迷宮

それは、人間シローのものがたり。

隠し穴をぬけて、シローは〝うつしよ〟より、〝かくりよ〟へとやってきた。

シローは悪さをする鬼のうわさ話をきいて、鬼退治の仲間をさがし旅に出る。

一ぴき目は黒鉄(くろがね)の猪。

二ひき目は赤銅(あかがね)の熊。

三びき目は白銀(しろがね)の大鳩。

あやかしたちは、シローのもっていたうつしよのおかしなおかし〝まっころん〟を貰(もら)って、シローの仲間になる。

シローとその仲間たちは、黒い海を越え、鬼の巣くう〝鬼ノ禍島(おにのまがしま)〟へと向かい、悪さをしていた鬼たちをコテンパンにやっつけて、お宝を手に入れて戻ってくる……

図書館から、この『シローのぼうけん』を借りた翌日。

私はまた何度か、この絵本を読んでみた。やはり隠世(かくりよ)版の桃太郎。

だけど、お菓子を貰っておともになる動物は、猿と犬と雉ではなく、猪と熊と大鳩なんだって。これ、妖都を守る三大将軍家を模しているんだとか。

「おかしなおかし〝まっころん〟って……あ、マカロンのことかな」

絵本のイラストを見ても、それがなんなのか分からない、丸い何か。桃太郎ならばおばあさんの作ったきびだんご、となるところだが、現世らしい食べ物ってことで、今時なマカロンなのかな。

というかこの絵本の作者、マカロンなんてよく知ってたわね。隠世の子どもたちにしてみれば〝まっころん〟なんて食べ物、不思議でしかないでしょうね。まるで呪文みたい。

これが本当にマカロンであるのなら、実際に食べてみても不思議な顔をすると思う。あの独特な食感を持つお菓子なら。

「そうだ。あとでマカロンも作ってみましょう。アーモンドパウダーが無いから探さなきゃ。確か、月ノ目区に、豆種専門店があったはず。アーモンドがあればいいけれど」

「葵さん、ちょっといいですか？」

「あ、はい！」

部屋でブツブツ独り言を言っていた時、律子さんがやってきた。着物を入れる為の、平たい箱を抱えている。

「ちょうどお出かけするようだったので、あなたに着ていただきたいお着物があるの。わたくしのお古なのですが、ものはいいので」

「え！　わあ……」

濃い藍色のシンプルな着物に、花の刺繍の見事な紅の帯を重ね、銀の紐を飾ったものだ。

「凄く高そうなお着物……でも、お借りしていいんですか？」

「もちろん。むしろ、月ノ目区で行動するのでしたらこういうお着物の方が目立ちませんし、我が家の紋が入っているので、いざという時に葵さんを守ってくれるでしょう」

確かに、昨日は地味な着物で、逆に目立ってしまっていた。

貴族の使用人だってもうちょっといいものを着ていたし。だってこれ、夕がおでいっつも着てるものだもの……

それにしても、律子さんの持ってきてくれた着物は美しい。

ほんのりと優しいお香の香りが漂う。この着物に焚いておいてくれたのだろう。

夕がおの着物しか持ってきていなかった私は、お言葉に甘えてその着物を着させていただく。冬なので淡色の羽織も貸していただいた。

「葵、どこかへ行くのか？」

ちょうど竹千代様も、私のお部屋にやってきた。

腕にあの亀を抱いている。

「ええ、竹千代様。私、明日の夜ダカ号の営業の為に、今日も食材を集めに行くんです。そのまま天神屋へ戻りますが、またここへきますので、その時にマカロンというお菓子を作って持ってきますね」

「まかろん……まっころん？」

「ええ。シローがあやかしの仲間たちにあげていた、おかしなおかし。実は案外、簡単なんです」

私が口に人差し指を当てて微笑むと、竹千代様はパァアッと顔を輝かせ、絵本の中でしか知らない憧れのそのお菓子に心を躍らせた。

そのための材料も、しっかり探しておかなければね。

「あ、そうだ。竹千代様、これ昨日の夜に頑張って書いたものです。どうぞ」

私はちょうどさっき仕上げた、昨日のお子様ランチのレシピを書いた紙を、竹千代様に手渡した。

「これ！　昨日の料理の作り方か⁉」

「ええ。これがあれば、いつでも昨日のお料理が作れます。いつかお母様に、作ってあげてください」

竹千代様と目線を合わせて、その頭をそっと撫でながら、微笑む。竹千代様もまた、私の目をしっかりと見つめ返して、強く頷いてくれた。

母に料理を作る、か。

こんなことを言っておきながら、私は一度もそれを、したことがないな。


「葵殿」

「わあサスケ君、居たんだ！」

縫ノ陰邸の屋敷の縁側から、庭園に出たすぐのこと。

屋根の上にいたのか、サスケ君がすぐ隣に降り立った。

いつもの忍者の姿ではなく、この界隈でも目立たないような、品のある羽織姿なのが珍しい。思わずじろじろとサスケ君を観察してしまった。

「拙者、今日は葵殿を守るよう言われているでござる。食材の調達でござるか？」

「ええ。思いついた逸品を加えたいからね。妖都で調達しようと思って」

「……お供するでござる」

「サスケ君がついてきてくれるのなら頼もしいわ」

私たちはお面をつけ、この縫ノ陰邸から出る小舟に乗って妖都の中心〝月ノ目区〟へと降りていく。

「葵殿、どこへ向かうのでござるか」

「そうね。昨日、八百屋さんで見かけて気になった食材があったから、まずは八百屋さん」

　私は昨日買い物をした八百屋に向かうよう、船頭に頼む。

「この前の夜ダカ号はハンバーガー屋さんだったけど、明日はスープ屋さんなの」

「すーぷ」

「汁物よ。せっかくだから、妖都野菜を使ったスープを用意しようと思って。だって、妖都野菜はとても美味しいもの」

「わかるでござる。拙者も、妖都の野菜は好きでござる」

「何が好き？」

「玉ねぎ、大根、芋、大根」

「あはは。竹千代様と違って大根が好きなのねえ。そもそもサスケ君って好き嫌い無いわよね。かまいたちの子どもたちも野菜嫌いって見たこと無いなあ。子どもなのになんでも食べるし、偉いわよね」

「幼い頃より、親父殿になんでも食べるようキツく言われているのでござる。特に野菜を嫌っているようでは、一人前の忍びにはなれない、と。誰もが親父殿のような屈強な忍びを目指し、日々たくさん食べ、肉体を鍛え、修行に励むのでござる」

　親父殿。サスケ君がそう呼ぶ、お庭番長のサイゾウさんは、サスケ君の実の父でもある。

大旦那様の護衛としてついていき、大旦那様と共に音信不通となっている。

サスケ君は言葉には出さないが、やっぱり自分の父の安否も気になっているのだろう。

その話をしているサスケ君の視線は、妖都のあちこちを揺蕩う。まるで父の姿を、常に探しているようだ。

「まあ、親父殿に好き嫌いはいけないと言われ続けたのもあるのでござるが、そもそもうちの食卓は弱肉強食。兄弟が多い分、食べ物にありつく為に皆必死でござる。好き嫌いなど言ってられないでござる」

「な、なるほど」

いつも朝早くに夕がおにやってきて食べ物をねだるカマイタチの子どもたちを思い出す。

彼らは何を食べても幸せそうにしているし、やっぱり大食いばかりだ。

毎日毎日、忍びになるための修行をしているから、お腹も空くのでしょうね。

兄弟も多いから、ご飯をめぐる熾烈な争いも起こりがち、と。

「そうだ、サスケ君。アイちゃんは元気にしてるかしら。チビがどうしているか、わかる？」

「今朝の連絡船でやってきたお庭番に聞いた話では、アイ殿は表に出る際、命令通り葵殿の姿に化け続けているでござる。そして一人になった自由を謳歌しているとか……。思い出したように葵殿の言いつけを守って、下ごしらえをしているらしいでござる」

「さすがはアイちゃん、マイペースね」

少し前まで、私の霊力無しではすぐにペンダントに戻っていたアイちゃんだったが、夕がおで働くようになって、自意識を持って行動することが多くなった。

「チビ殿の話は聞いてござらんな」

「……そっか」

チビもチビで、よく一人で勝手に遊びにいくような奔放な奴だが、それは私が側にいるからで、あの子は特に〝置いていかれる〟ことに敏感だったりする。

少し、気になる。今日はこの後、天神屋に戻るし、チビの様子をしっかり確認しておかなくちゃ……

そんなこんなで、あの八百屋の最寄の船着場に着いた。

私とサスケ君は小舟から降り、八百屋へと入る。

あ、あった。私が昨日、気になっていた野菜。

「何の野菜が目当てなのでござるか？」

「それはねえ……赤カブよ！」

一つ手に取り、サスケ君に見せる。

それは普通の白いカブと違い、血のように濁った赤黒い色をした、赤カブだ。またの名をテーブルビート。

「赤カブって呼ばれているけど、実は、カブに似てるだけで近縁種じゃないのよね。とっても糖度が高いのよ」

「そんな真っ赤な野菜、何の料理に使うでござるか」

サスケ君は食べたことがないという、この真っ赤な野菜に興味津々だ。

しかしやはり、このおどろおどろしい色をした野菜が何の料理に活用できるのか、不思議に思っているみたい。

「これはね、ボルシチに使うの」

「……ぼるしち？」

「現世じゃあ、ロシア料理として有名ね。寒い日に食べたくなる煮込み料理よ」

明日の夜ダカ号はスープ屋さんだ。

この赤カブと、妖都野菜である〝南陽玉ねぎ(なんようたま)〟や〝西巻人参(にしまきにんじん)〟を使って、美味しいボルシチを作ろうと思う。あと、キャベツと白菜、それに芋類と……あ、きゅうりもある。大きなきゅうり、チビが好きだろうから、たくさん買ってかえろう。

「あ、葵殿……っ！　伏せるでござる」

「ぎゃっ」

サスケ君が八百屋の中で私の頭を押さえて無理やり伏せさせた。

さすがに店の中で怪しすぎる行動だが、彼は八百屋から見える空中大通りを横切る、ある宙船を警戒していた。

深紫色の船体、三つ宝玉の紋を持つ……

「あれは、南東の八葉〝大湖串製菓〟の宙船でござる」

「大湖串製菓……ああ、あの」

それは、この隠世ではあまりに有名な老舗和菓子屋だ。

確か小豆洗いのあやかしたちが営んでいる。

「宮中や、妖都の貴族との繋がりも深く、甘い菓子が好きなあやかしたちから熱心な支持を受ける八葉。彼らの菓子が隠世の政治を左右するとまで言われているでござる。天神屋に泊まったことのないあやかしは多くとも、大湖串製菓のお菓子を食べたことのないあやかしはほとんどいないのでござる。そういった意味で、知名度では天神屋より上かと」

「それは、確かに……」

宮中御用達の菓子職人を抱え、各店舗でも高級和菓子から、庶民にも手が出しやすい値段の和菓子、子供のおこづかいでも買える団子や饅頭まで、幅広く定番の和菓子を取り揃えている。

たまに夕がおの常連のお客さんが、そこのお団子をもってきてくれたっけ。

「でも、どうして隠れているの？　同じ八葉でも、仲が悪いとか？」

「大湖串製菓の小豆洗いたちは、鬼というものを嫌悪しているのでござる」

「鬼を？」

「そのせいで、鬼神の大旦那様をあからさまに邪険にし、天神屋に度々嫌がらせをしてきたでござる。ゆえに、天神屋の茶菓子や土産に、大湖串製菓の饅頭が並ぶことはないでござる」

「そういえば、そうかも。天神屋は地元の幽林堂の茶菓子を扱っているものね」

「そうでござる。かつては天神屋にも小豆洗いの菓子職人がいたらしいのでござるが……。大湖串製菓は妖都の貴族との繋がりを重視している八葉で、今回、我々の敵になる可能性が最も高いのだと、白夜殿が」

「……敵、か」

大湖串製菓の船に向かって、妖都のあやかしたちが皆、手を振っている。

まるでパレードのようだ。

その船の甲板に堂々と立っていたのは、紫色の長い髪を下の方で一本に結った、細身の女性だ。男性のような狩衣を纏っており、殿上眉と切れ長の目元が、やはりどこか貴族然としている。

「あの方は大湖串製菓の長、ザクロ様でござる。宮中御用達の茶菓子を作り続けている、凄腕の和菓子職人だとか」

「へええ。そんなに凄い職人の和菓子なら、一度食べてみたいわね」

しかし彼女の手がけた和菓子は一般的に口にすることはできないらしい。主に、宮中の妖王家の者たちの口にする和菓子を手がけているとのことだ。

大湖串製菓の長の和菓子なら、どれほどこだわりの味がするだろう。

一瞬、そのザクロさんがこちらを見て、私と目が合った気がしたのだが、何事もなく船は過ぎ去る。

「ふう……行ったでござるな」

サスケ君はさっきからずっと警戒していたようだった。

やはり、あの八葉は敵になる可能性が高いということなのだろう。

もしかしたらサスケ君たちお庭番は、彼らが敵に回るという根拠や情報を、すでに手に入れているのかもしれない。

「次はどこへ行くのでござるか？」

「そうね、次は……」

八百屋でお買い物を済ませ、そろそろと辺りを窺いながら店を出た。

「あ、そうだ。私、豆種専門店を探さなくちゃ」

「豆種専門店？」

「アーモンドパウダーが欲しいの。確か、こっち側で豆や種子を売っているお店の看板を昨日見かけたんだけど、あるかな～アーモンドパウダー」

「……葵殿の言葉は、時々何かの呪文のようでござる」

八百屋の前の通りから伸びる宙の橋を渡りつつ、昨日小舟の上から見かけた豆種専門店を探して、この巨大な都市を散策していた。

上に、下に、橋と階段で繋がる大建造物群。

空は高く、光はほとんど届かない。巨大な空洞の中に、私たちは立っているみたい。

「あ、あったあった。豆種専門店〝なつな〟の看板。表通りじゃなくて、この階段を降りたところにあるみたいね」

表通りの店の脇に、まるで路地裏のように細く入り込む道がいくつもある。

豆種専門店の看板も、その細い通路の入口にあり、そこからは階段を降りてお店へと行くみたいだ。薄暗い中、階段を降りると、こぢんまりとした小さな店が並ぶ、不思議な匂いのお香が焚かれた通りに出た。

知る人ぞ知る、という感じの奥通りだ。豆種専門店、香辛料屋、薬屋、靴屋など。

お目当ての豆種専門店〝なつな〟が、古い暖簾と赤い提灯を垂れ下げ、営業をしていた。

アーモンドパウダーがあるだろうかとドキドキしつつ、恐る恐る店内へと入る。

「わあ、豆や種子がたくさん」

ずらずらと並んだ大きな瓶の中には、隠世で定番の豆や種以外に、世界中の珍しい豆種、異界のものまで取り揃えられている。期待感は膨らむ。

「いらっしゃい、何がご入用ですか？」

「あの、アーモンドの粉はありますか？　もしくは、普通のアーモンドがあれば……」

「通常のアーモンドでしたら、取り揃えてますよ」

猿のあやかしが愛想の良い笑顔で、食用のアーモンドを一袋持ってきてくれる。茶色の皮の残る、まごうことなき雫型のアーモンドだ。

「南の地の農家がアーモンドを育てていましてね。それをうちで売り始めたんですよ」

「よかった、探してたんです！」

さらっとした情報ではあったが、南の地は、アーモンドまで育て始めたのか。

「お客さん、アーモンドをよく使うんですか？　珍しいですよ、これを買いに来る方は」

「あ、あはは。ちょっと挑戦したいお菓子がありまして……」

「うちもアーモンド、もっと売っていきたいのですがね。現世ではとても人気な種子と聞きますが、隠世じゃまだまだ知名度が低くて、詳しいものが酒のつまみに買っていくくらいで。落花生ならとても売れるのですがね」

「隠世では、他に何の豆や種が人気なんですか？」

「あー、やっぱり小豆ですかね。餡子のお菓子が隠世から無くなることはないですから」

「確かに。妖都では餡子の消費量も多そうだわ……」

この流れで、先ほどの小豆洗いたちを思い出す。

　餡子のお菓子が隠世から無くなることはない、か……


「あーよかった。アーモンドが買えて」

「それ、美味(うま)いでござるか？」

「うん。現世では、ピーナッツと二分する人気っぷりよ。それに、お菓子作りにも役立つの。南の地で作られているなら、こんど直接そっちから買おうかな……」

　階段を登り、暗い場所から明るい場所へと、再び表の通りに出た。


〝……葵……〟


　その時、背後から名を呼ばれた気がして、私は思わず振り返る。

「……？」

　しかし階段の先には誰もおらず、私は気のせいかと思ったのだが、わずかにチリチリと上ってくる、覚えのある金の鱗粉(りんぷん)を視界に捉(とら)える。

「これ……」

　甘い匂いだ。この匂いは、忘れられない。

　黄金童子(おうごんどうじ)。

あの座敷童(わらし)が、この奥にいる――

「あっ、葵殿！　待つでござる！」

登ってきた階段を、駆け降りる。サスケ君が私を呼び止めるのも聞かずに。

暗い暗い、石の階段だ。さっきはそれほど降りた感覚もなく、あの豆種専門店のある通りに出たのだが、今度はなぜか、ずっとずっと、長い時間降り続けているように思える。

どこかで、知らない道に入った？

いや、階段は一本、ずっと下に伸びていた。

どこか違う場所へ、私は導かれているのかもしれない。

でも、それでも、この先にあの金髪の座敷童がいるのなら、きっと私はあの人ともう一度会わなければならない気がするのだ。

だって、あの人ならば、大旦那(おおだんな)様のことを何か知っているかもしれない。

「!?」

階段の行き着く先に、西洋風の真っ赤な飾り扉を見つけた。

その扉の隙間から、やはりチリチリと、金の鱗粉が流れ出ている。

導かれるままに、その扉のドアノブを回し開けようとしたが、鍵(かぎ)は閉まっていた。

「どうしよう。鍵なんて……」

鍵？

ふと思い出す。私は着物の胸元の内側に、一つの鍵を紐に通して下げていた。

以前、大旦那様にもらった、黒曜石の鍵だ。

「違うとは思うけど……」

でも、今、私が持っている鍵といえばこれしかない。

胸元から急いで取り出し、鍵穴にその鍵をぐっと差してみると、驚いたことに綺麗にはまった。ゆっくりと回してみると、ガチャリと鍵の開く音が重く響く。

「……ここ」

扉を開けると、そこは妖都の賑やかな通りではなく、周囲を壁に囲まれた四角い空き地のような場所だった。

黄金童子の姿はない。ただ、中央に苔むした黒曜石の石碑がある。冬にも咲く白い野花に囲まれて、ただそこに佇んでいる。

この鍵と同じ素材でできている……？

その石碑には古い時代のあやかしの文字のようなものがずらずらと書かれているが、内容は読み取れない。

しばらくその石碑の前で立ちすくんでいた。

そして、静寂に響くため息をつき、自己嫌悪に顔を手のひらで覆う。

まただ。今まで何度もこういうことをやらかしてきた。

私、何かを追いかけていたら、それに夢中になってしまう癖がある。
サスケ君ともはぐれてしまった。サスケ君、今頃心配しているだろうな。
黄金童子のことは気になるが、もう帰ろう。
「え……？　と、扉が、ない」
しかし困った。振り返ると、開けたはずの扉がないのだ。
こういう経験は前にもあった。確か、天神屋の地下へと降りた時だ。
あの時も、迷子の子供たちを追って知らない部屋へと入り、扉を開けてそこを出ると、
出たはずの扉は忽然と消えていた。
いったい、どういうことなの？
『葵』
まただ。
また、私の名を呼ぶ声がした。
今度ははっきりと聞こえる。そしてその声は……
「大旦那、様？」
壁の、ちょうど隅にできた陰の部分から、声がしたと感じた。
その陰の中に、ぼんやりと人の形をした何かが見える気がするのだ。
ゴクリと息を呑む。

私はこの陰に紛れた〝何か〟というものを、かつて見たことがある気がするのだ。

そう。小さな頃。母が帰らぬ家で、小さな体を横たえて、空腹に耐えていた、あの……

雷の日に初めて出会った、陰の中から声をかけてくれた、あやかし。

「ねえ、大旦那様……なんでしょう？」

私は、その壁際の陰に向かって、震える声で呼びかけた。

急いで駆け寄り、陰に入ってしまうと、さっきまで人のように見えていた〝何か〟は見えなくなり、私はその場でぐるりと一周する。

近寄れば近寄るほど、私の追い求めていたものは遠ざかった、そんな気がした。

また背後から『葵』と名を呼ぶ、声がした。

もうその声は、大旦那様の声にしか聞こえない。

『すまない、葵。こんな姿では、君の元に戻れそうにない――』

こんな姿って？

「大旦那様！　いったい、どこにいるの！　こんな姿って、何よ！」

会いたい。大旦那様の姿を見たい。

「どんな姿でもいいわよ。だから出てきて……出てきてよ、大旦那様！」

もうずっと会っていないような、切ない思いに駆られていた。

この壁に囲われた空間をあちこち走っては、立ち止まってきょろきょろとあたりをみまわしたり、天井を仰いだり、声の行方をひたすら追い求めたが、もう声は聞こえてこないし、やはり姿は見えない。

今、さっきまで、確かにここに大旦那様がいたのに。

「大旦那様、どうして」

会いたい。顔を見たい。

なぜ、このような場所で大旦那様の声を聞くことができたのかわからない。

王宮に捕らわれていたはずではないのだろうか。それともあれは、大旦那様ではないというのだろうか。

いや、確かに、大旦那様の声だった。

あの人のような〝何か〟が大旦那様だと確信したのは、幼い頃に、私が確かに出会っているから。やっぱりあれは、大旦那様なのよ。

そしてあれが、あれこそが化けの皮を剝がされたという、大旦那様の姿……？

「……あれ？」

ふと顔を上げると、先ほどまで見当たらなかった扉を見つけた。

それは、真正面にある壁に張り付いた、飾り気のない重い石の青い扉だ。

急いで駆け寄り、やはり扉には鍵がかけられていたので胸元に下げていたあの黒い鍵を差し込み、回してみる。

青い扉を出ると、そこは……

「え……お墓？」

なんとそこは、いくつもの歪(いびつ)な形の墓石が並ぶ、墓地だった。

現世のお墓とは少し違う。細長の墓石は、ちょくせつ地中に突き立てられ、その墓石にはつる草が伸び、それぞれ花を咲かせている。

とても静かな墓場だ。でも、やっぱり、大旦那様はいない。

「大旦那様……」

おもわず、へたり込む。自分がこんなにも大旦那様に会いたいと思っていることに、わずかな動揺と、大きな驚きを抱きながら。

「何が、大旦那様、だって〜？」

その時だ。

前触れもなく背後から肩にポンと手を置かれた。

ゾッとしてしまったのは、その声音に覚えがあり、それはあまり良い覚えではなかったからだ。

わずかに思い出される過去のトラウマに負けぬよう、ごくりと生唾(なまつば)を飲み、表情を引き締めて振り返る。

シャラリ……

金属の飾りと、透き通って見える金の長い髪。

その派手ななりをしたあやかしを、嫌という程よく覚えている。

「雷獣」

「久しぶり〜葵ちゃん。この前は天神屋でお世話になったねえ」

手をひらひらとさせて、彼は妖しくにこやかな笑顔を作る。

私はこのあやかしへの敵意を隠すことなく、睨みつけた。

墓地で再会なんてシャレにならないけれど、確かにこの男は、私たちの死神のようだわ。

「あんたが大旦那様を陥れたってことは知ってるのよ。大旦那様を天神屋に返して。あなたが天神屋の大旦那にならないように、皆が頑張ってるわ」

「ははっ。そりゃ結構。頑張ってもらわないとこっちも張り合いがないからね」

憎たらしく笑う。いつも、悲劇を好んで笑う。

「それに、俺だって頑張ってる。逃げた大旦那を、取っ捕まえるためにね」

「……逃げた大旦那……？　どういうこと？」

「言葉の通りさ。大旦那は王宮の牢から逃亡した。あの黄金童子と、お前たち天神屋が手引きをしたんだろう？」

「…………」

「俺は大旦那の行方を追って、ここにいる」

やっぱり、さっきのは大旦那様だったのだ。

大旦那様は王宮から逃げて……私に、会いに来てくれたの？

「ちくしょう。あのいけすかない大旦那が静かにお縄にかかっているとは思わなかったが、俺が白夜なんかに気を取られているうちに、あろうことか宮中の牢を脱し、姿を晦ませやがった。……でも葵ちゃんがいたら、逃げたあいつも戻ってくるかな〜」

「な……っ」

「ああ、でも大旦那は、もう葵ちゃんには会いたくないかもしれないね。気がつかなかったがあの鬼、随分と力を失っている。一度化けの皮が剥がれたのなら、もうあの憎らしい余裕たらたらな姿に化け切ることはできないかもしれない」

この男は、いったい何を言ってるんだろう。

大旦那様が宮中の牢を脱したという情報だけでも混乱してしまうのに、次々に語られる意味不明な話に、ますますわけがわからなくなる。

「待って。大旦那様は結局、今、どこにいるの？」

「はあ？　そんなのは俺が知りたい。あいつのことは大衆の面前で裁いてやりたかったのに」

「大衆の面前で裁くって……お、大旦那様が、いったい何をしたっていうのよ！　あんたより悪いことなんて何もしてないでしょう！」

思わず声をあげてしまった。

雷獣は嫌味な笑みを浮かべ、目にかかる長い前髪を搔き上げた。

「言うねえ、葵ちゃん。でもね、存在するだけで罪深いあやかしというのが、この世には存在するのだよ。一方で、存在するだけで尊ばれるあやかしもいる。俺のようにね」

「な……っ」

無性に腹が立ったが、奴は私の耳元で、ささやくように続けた。

「大旦那は隠世に存在してはいけないあやかしなのさ。あいつがいたら、隠世はかつてのような混乱に陥る。あいつは再び〝封じ〟られなければならない」

「……封じる？」

訳がわからない。

大旦那様は、いったい何なの？

こみ上げる大きな不安と悪寒に、思わず身を小刻みに震わせた。

こいつはおそらく、私が理解できないだろうとわかっていて、あえてそういう話をしている。理解できないからこそ不安になる。その姿を見て、せせら笑っているのだ。

「まあいい。てっきり君は天神屋にいるものだと思って手を出さずにいたけれど、こんな場所にいたんなら話は早い。ちょっと大旦那をおびき寄せる餌になってくれないかなあ。流石に婚約者が渓谷に突き落とされそう～とかにでもなれば、あいつも出てくるでしょ。

出てこなかったらそれはそれで爆笑ものだし」

　雷獣は私の腕をきつく掴む。

　私はその腕を振り払おうとしたが、とてもじゃないがあやかしの力には敵わない。

「あはははは。津場木史郎の孫娘とはいえ、ひ弱ひ弱！　料理の腕が助けてくれる場面でもないしねえ。あ、むしろしばらく料理できないように、この腕を封じてしまおうか。以前の〝味覚〟のように」

　雷獣は私の腕をひねり、痛みに顔を歪める私を、さらに言葉で追い詰める。

「まあでも、どうでもいいか。今回は、君の料理ごときで何かが動くことはない。大旦那や天神屋の抱える事情は、たかだか飯でどうこうできるもんじゃないからね」

「……っ」

　今まで、そんな言葉で怯むような私ではなかった。

　だけど今回は違う。なぜだろう。

　料理ごときで何かが動くことはない――――それが絶望的に響いて聞こえる。

　ことの大きさをいまだよく理解していない自分自身の不安が、自分を責め立てる。

　やっぱり、自分には料理だけで、どう動いても、天神屋や大旦那様を救う力にはなり得ない。そう、ささやく悪魔が、自分の中にもいる。

　雷獣は背後に引き連れていた銀鳩の兵たちに「こいつを牢に連れてって」と、私を押し付けようとした。

しかし、

「相変わらず弱いものいじめが好きな卑怯者だな、お前という奴は」

聞き覚えのある、ため息交じりの淡々とした声が、どこからか聞こえた。

私を囲んでいた鳩面の兵が、パタパタと音もなく倒れる。

とっさに私の腕を引き戻した雷獣だったが、背後にすっと現れたお庭番のサスケ君によって、首元にクナイを突きつけられる。

雷獣はチッと舌打ちをして、すぐに前方を睨んだ。そこにある大きな墓石の柱を。

「釣れた魚はお前の方だぞ、雷獣」

足音もなく、その墓石の柱の裏から出てきたのは、笠を被った白い着物の青年だった。

いや、青年というのは失礼かもしれない。

そのひとは天神屋を初期から支えるお帳場長、白夜さんだ。

「白夜、貴様……っ！」

「ふん。私に階段から突き落とされた時の傷は癒えたか？　今までコソコソと私から逃げていたみたいだが、流石に葵君が目の前をちらつけば、追わずにはおれないタチか」

あれ。……まさか。まさか白夜さん、私をおとりに使った？？？

「白夜ぁ！　どうせお前が黄金童子に助けを求め、脱獄を手引きしたのだろう。妖王様は大層お怒りだ。天神屋はただでは済まないぞ！」

「黙れ」

白夜さんはぴしゃりと手元の扇子を閉じて、目を冷ややかに細めた。

「相変わらず小物臭いことをぎゃーぎゃーぎゃーぎゃーと喧しい。お前こそ、妖王にいったい何を吹き込んだ」

「はっ！　あの鬼神が実は〝邪鬼〟だって教えてやったんだよ！　化けの皮を剝いで証明してやった！　邪鬼はかつて、隠世を混沌に陥れた邪悪な存在だ。あいつは、あいつらは封じられなければならない。そんなことは、お前が一番よく知っているはずだぞ、白夜！」

「…………」

しばらく黙っていた白夜さんだが、雷獣の言葉に、静かに、口元で扇子を開く。

まるで笑みを隠すかのように。

「雷獣、お前は本当に、口が軽いな。だからお前は、阿呆なのだ」

「はあ？」

「まあいい。お前の阿呆は一生治らないだろうが、別に治す必要もない」

白夜さんは小馬鹿にしたように雷獣を笑い、手元の扇子を振るう。

すると淡く色のついた霧が立ち込め、彼自身と、私、そして雷獣の背後を取っていたサスケ君の姿を隠す。

「チッ、神隠しの術……っ」

徐々に、雷獣と我々の間に隔たりができ、お互いが遠のくのを感じる。

私の腕を掴んでいたはずの雷獣の手も、気がつけば外れていた。

「逃げるのか、白夜！　お前は無慈悲に、故郷も、妖都も捨てたくせに！　そうやって今度も、天神屋を切り捨てればいいだろう！」

雷獣の、余裕のない怒声だけが、ここまで響いた。

故郷？

霧は濃く、冷たく、体を取り巻く。

どこか走れ、走れと命じる声が聞こえた気がしたので、私は言われるがままに走った。

遠くぼんやりと光の一点が見える。

無意識にそこを目指して走っていたら、やがて自分を包む霧は晴れ、体は光に包まれた。

「…………」

チック……チック……

どこからか古時計の音が聞こえる。

気がつけば私は、骨董品の並ぶ、埃臭い物置の中に立っていた。

「気分はどうかね、葵君」

物置の扉が開かれた。

この声の主は白夜さんで、彼は向こう側の部屋の暖光を背後に、淡々と佇んでいる。

「気分は……特に問題ないわ。ただ、この短時間の間に、気がつけばあちこち移動していて、自分が今どこにいて、いったい何が何なのか、あやふやな気分だけど」

「ふっ。そうだろうな」

白夜さんはちらりと、私の肩に視線を向けた。

私もそこを見てみると、金の鱗粉が肩に溢れてくっついている。

「どうやら黄金童子様の神隠しの術と、私の神隠しの術、君は今日だけで計二回この術の世話になっているみたいだからな。あれは高等術ゆえに私も疲れるが、身体を無理やり別の場所へ移動するから、人間の君にも負担をかけたかもしれないな」

「いえ……それほど疲れてはいないけれど」

「相変わらずタフな娘だ」

でも、そうか。あの扉による移動は、黄金童子の神隠しの術だったのか。

言われてみれば、そんな気がする。だって、私をあの場所まで導いたのは、彼女の金の気配だったもの。

「ねえ白夜さん、ここは？」

「妖都の地下階層にある、私の古い知人の家だ。この場所を妖都での私の拠点の一つとしていた。ところでサスケ君、いつまで壁になっているつもりだ」

「……なんとなく、忍びの性で」

「わっ」

壁色の布で隠れ身の術を使っていたサスケ君が、ペラリと布を剥いで顔をのぞかせた。

なぜこんなところでも忍術を……

「二人とも、こちらへ来い。あんなことの後で悪いが、急ぎ話がある」

白夜さんは私たちに物置から出るよう促した。

チクタクチクタク、チッチッチッチッ……

物置を出ると、四方八方から時計の針の音が聞こえた。

見渡すと、そこは山小屋のような作りをした薄暗い室内で、色とりどりのステンドグラスのランプがあちこちから垂れ下がっていて、壁中にカラフルな光の斑点を映し出している。漢数字と英数字、ローマ数字、また知らない文字で時間を表した、様々な形の時計が壁に掛けられており、実に奇妙な部屋だ。

「ここは妖都の地下階層〝落窪区〟にある、時計屋〝影ぼうし〟」

「……落窪区、でござるか？」

サスケ君が眉間にシワを寄せ、複雑な表情を作る。

白夜さんはそんなサスケ君の反応を見て「そう警戒するな」と言う。

「確かに、妖都の月ノ目区と違って、泥臭く胡散臭い、ならず者ばかりが集う場所ではあるが。しかしここは宮中の連中も手を出しにくい、先住民族たちの特区だ。情報を集めるための隠れ家としてはうってつけでな」

「おいおい。泥臭くて胡散臭いはひどいじゃないか」

突然、壁際の階段の上から、声をかけられた。低く渋い、男のひとの声。

顔を上げると、そこには黒い丸サングラスを鼻にかけた、灰色の髪の男性が一人。

民族衣装風の、変わった刺繍が施された着物を着ている。

「ふん。お前ほど、今の話の通りの者はいないと思うがな」

「はは。相変わらず白夜様は辛辣だなあ」

白夜さんは、知らないひとを前にポカンとしている私とサスケ君に紹介する。

「こちら、影ぼうしの店主である、千年土竜の紫門殿だ。我らが天神屋の開発部長、砂楽博士の兄上でもある」

「えええっ」

私とサスケ君は、声を揃えて驚いた。

でも実は、さっきから誰かに似ているなあと思っていたのよね。砂楽博士と言われたら、ああなるほどと思わなくもない。

「あのひと、兄弟がいたでござるか⁉」

サスケ君はサスケ君で、そこに驚いている。確かに砂楽博士はいつも地中で一人引きこもっているせいで、家族や兄弟を想像したことがなかった。

なんだろう。土の中から勝手に生まれてきたあやかし、みたいなイメージだった……

「どうもはじめまして。天神屋の皆様。弟がいつも世話になっているみたいで」

「い、いいえ。お世話になってばかりなのはこちらの方です。あれこれ開発してもらっているので」

私もまた、ぺこりと頭を下げる。

「ふふ。夕がおの葵さんのことは、時々あいつがよこす手紙で聞いているよ。一緒に新しいお饅頭を作ったんだってね。あいつが嬉しそうに綴っていたよ。食べてみたらとても美味しいお饅頭だった」

紫門さんは私たちを、すぐそこにあるベルベットのソファに案内し、目の前のガラスのテーブルに、焼き物の茶碗を並べた。

そして、ガラスのポットで茶色の液体を注ぐ。これは……

「もしかして、珈琲ですか？」

「いわゆる豆の珈琲ではないけれどね。これはたんぽぽの根から作った珈琲だ。妻が地熱を利用した農園を運営していて、そこで栽培したたんぽぽで作っているんだ」

「紫門殿には、奥方がいらっしゃるのでござるか」

「ああ。ただ極度の恥ずかしがり屋で、ご挨拶(あいさつ)に出てこれず申し訳ないのだが。基本的に千年土竜っていうのは、人前に出ることを嫌うから」

「ああ……」

それは知ってる、という顔をする私とサスケ君。

「その代わりと言ってはなんだが、このたんぽぽ珈琲が妻からの挨拶、ということで」

私たちはありがたく、まだ温かなその飲み物をいただく。

様々な時計に囲まれ、その針の音がこだまし、ステンドグラスのランプによって不思議な色合いを持つ部屋と、なぜかしっくりくるたんぽぽ珈琲。

色は確かに珈琲っぽいが、味は珈琲という感じはあまりしない。どちらかというと苦みと甘みがある漢方茶のようだ。

サスケ君はいかにも苦手そうで、変な顔になって固まっている。しかしこれに、用意してもらっていた豆乳と角砂糖を加えて混ぜると、飲みやすくなって美味しい。サスケ君は角砂糖を三つくらい入れていた。

「あの、白夜さんは天神屋を離れてから、ここにいたんですか？」

「ああ。縫ノ陰殿のお力を借りながら、大旦那(おおだんな)様の行方を追った。大旦那様が宮中に囚(とら)われたことはすぐに知れたが、問題はそのきっかけだった」

「……雷獣は言っていたわ。大旦那様は、存在してはいけないあやかしなのだ、と」

その意味を、私はよく知らない。

知りたい。知りたいのだ、あの人のことを。

白夜さんはしばらく、何かを見極めるがごとく私を見つめていたが、やがてふうと息を吐き、サスケ君に目配せをした。サスケ君は意図をすぐに理解し、静かに部屋を出て行く。

たんぽぽ珈琲を啜(すす)った後、白夜さんは静かに語り始める。

「葵君は、大旦那様のことを、どこまで知っているのか」

「何も。何も知らないわ、私。でも、さっき大旦那様のような〝何か〟を見たと思う。あれは、大旦那様だったって」

私はぽつりぽつりと、扉の先で出会った、陰に潜んでいた〝何か〟の話を、白夜さんにした。白夜さんはそれを聞いて「それは確かに、大旦那様だったのだろう」と言った。

「あの方の真実を知っているのは、おそらく天神屋でも、黄金童子様と、私だけだろう。いやしかし……私とて、全てを知っている訳ではない」

白夜さんは手元の扇子を、どこか力なく閉じたり開いたり。

「君には、いずれ話さなければならないと思っていた。君は、大旦那様に嫁入りする娘なのだから」

「……あの」

「夫婦に隠し事は、言語道断」

ピシャリ、と、鋭く扇子の閉じられる音が響く。

白夜さんは語るべきこと、その順序を整え終わったかのように、顔を上げ、私を見据える。

「葵君、君がこれを聞いて、何を考え、どう行動に移すか。例えば大旦那様に嫁入りすることを、酷く拒む結果となったとしても、私は何も咎めない。それはあの大旦那様が、もっとも恐れていることだとしても」

「…………」

白夜さんは語り始める。

冷めたたんぽぽ珈琲の、苦みと甘みの交わる香りの中で。

チクタク……チクタクと、時計の秒針の音が響く、この薄暗い部屋で。

まるでその音が、時の流れを懐古する象徴のように思えた。

「まずは天神屋の創設について話そう。それは今より五百年近く前に遡る。それ以前まで、天神屋のある場所には天神城という古い城が建っていて、そこにお住みになっていたのが、当時の八葉である、黄金童子様であった」

「その頃はまだ、お宿ではなかったの？」

「ああ。というのも、鬼門の地とはあやかしであっても住むことのできない、地獄のような土地だったからだ。空は赤黒く毒々しい妖気の雲に覆われ、大地には血の色をした溶岩が溢れ、植物一つ生えぬ……。そう、地獄の箱庭、あの時はまだ、そう呼ばれていた」

あんなに賑やかな鬼門の地が、かつてはそれほど荒れ果てていたなんて。

信じられない。

「しかし葵君も、少しは感じたことがあるのではないか？　天神屋の周囲を囲む渓谷の底より沸き立つ、悪寒のようなものを」

「あ……」

それは以前、私が迷子の子供たちを探していて、あの渓谷に落ちそうになった時のことだった。

あの時、私は確かに、渓谷の底の闇から感じる、不穏な気配を感じ取っていた。

「隠世の鬼門。あの地は、本来その名の通りの場所だった。特に天神屋のある場所は深い渓谷に囲まれていて、天神城があるものを封じる、重石の役割を果たしていたのだ」

「あるものを封じる……重石？」

白夜さんは、その先の言葉をわずかにためらい、しかし続ける。

「そう。あの地が封じていたものこそ、大旦那様だった。大旦那様は、現天神屋の建つ場所の地下深くで眠りについていた……邪鬼だった」

「……邪……鬼？」

地中で眠りについていた、邪鬼。

ふと、同じような話を思い出す。

そういえば、以前、南の地にも、邪悪な鬼が封じられていた。

静奈（しずな）ちゃんが湯脈を探していて、その邪鬼の封印を解いてしまい、折尾屋（おりおや）を解雇された話を聞いた事がある。優れた温泉の湧き立つ源泉には、そういったものが封じられていることがあると……

また、南の地に囚われ、儀式に必要な人魚の鱗（うろこ）を探していた時、たまたま出会った邪鬼に私は襲われ、大旦那様に助けられたのだ。その邪鬼こそ、静奈ちゃんが地中から目覚めさせた邪鬼だった。

そうだ。あの邪鬼は言っていた。

大旦那様に対し、「お前も同じ」だと。

大旦那様が〝鬼〟だという事は誰もが知っていることだ。だって鬼神と呼ばれていたんだもの。

だけど、じゃあ、邪鬼とは何なのだろう。

普通の鬼と、何が違うというのだろう。

しかし白夜さんはまだそこには触れず、まず、天神屋の創設時代について語った。

「私が大旦那様と出会ったのは、黄金童子様が天神城の地下にてその封印を解き、あの方を目覚めさせたすぐ後のことだ。そう、あの方は名もない幼い子鬼の姿をしていたが、その物言いや思考は、やはり子供のそれではなく……」

まどろんでいるような目をして、白夜さんはゆっくりと続ける。

「しかし邪鬼というには、あまりに純粋な目をしておられた。その威厳と存在感は圧倒的で、今まで数々の大妖怪と渡り合ってきた私も、思わず畏怖の念を抱いたものだ」

当時のことを思い出したのか、口元に手を当て、ふっと笑う白夜さん。

「邪鬼を目覚めさせた黄金童子様は、そののち、天神城を巨大な宿として運営することを決め、名を天神屋に改めた」

「それが、今のお宿の天神屋？」

「ああ、そうだ。邪鬼の目覚めこそがきっかけだったかのように、あの土地は見違えるように息を吹き返したからだ。赤黒い空は晴れ、晴天が広がり、地中より溢れかえっていた溶岩は、やがて肥沃な大地を作り、植物を育んだ。そしてあの土地は、優れた温泉の湯脈を持っていた」

「……確かに、天神屋の温泉は、隠世でも随一と聞いたことがあるわ」

大旦那様レベルの邪鬼が眠っていた土地であるのなら、天神屋の持つ温泉の泉質があれほど優れている理由も納得できる。

「黄金童子様は自らを〝大女将（おかみ）〟とし、まだ幼い邪鬼の子を、天神屋の〝大旦那〟に立てた」

それから白夜さんは、邪鬼の子供のことを、大旦那様と呼んで語る。

「大旦那様はまず、当時誰もいなかった天神屋に、力ある働き手を求めた。言うまでもなく宮中の重鎮であった私、妖都の研究者であった砂楽、そしてとある宮廷菓子職人を、天神屋で共に働かないかと誘ったのだ」

「白夜さんと、砂楽さんを……大旦那様が？」

そして、とある宮廷菓子職人？

誰だろう。今はもう、天神屋にはいないひとなのだろうか。

「まあ、私も砂楽も、ちょうど大事なものを失い、失意の中にいたというのもある。宮中のあり方にも疑問を抱いていた時を、大旦那様は見逃さなかった。最初こそ得体のしれない邪鬼の子供だと警戒もしていたが、大旦那様の不思議なお力というか、内に秘めた可能性や魅力に、結局のところ、誰もが惹（ひ）き寄せられてしまった形だ」

遠い昔のことを思い出しながら、彼はクスッと笑った。

こんな風に何かを懐かしんで笑う白夜さんは、初めて見た気がする。

「最初こそ天神屋の営業は軌道に乗らず、我々は資金難に喘（あえ）ぎ、古い城の修繕や街の整備に右往左往することになったが、皆でそれぞれ知恵を出し合い、まずは鬼門の地の印象回復に着手した。大旦那様がこっそり現世の宿屋や温泉地、土産物を調査しに行くこともあったな」

「大旦那様が、現世に？」

「ああ。大旦那様は現世という世界に愛着を抱いているようだった。封じられる前に、どこで何をされていたかは知らないがな。まあ、そういった中で何度も傾き、つぶれそうになりながらも、我々は根気強く営業を続けた。そのうちに撒いていた種が静かに芽吹き、客づてに鬼門の地の現状や、風変わりな宿についての噂が広まり、客が集い始めた。客が集まれば、商売人も集う。それまで恐れられ、見限られていた土地には、天神屋を中心に銀天街が生まれ、人が住み着き活気が生まれた。大旦那様も、砂楽も私も、死にかけていたものを蘇らせた達成感と共に、一から育てた〝天神屋〟という宿を愛した。まるで、我が子のように……」

以前、大旦那様と白夜さん、砂楽博士の三人で月見をしていた光景を思い出す。

古い付き合いがあるからこその絆が、彼らにはある気がした。

「昔語りはこんなところだ。要するに何を言いたいかというと……私はただ、大旦那様のいる天神屋という宿を守りたい。大旦那様が大旦那ではない天神屋など、私の守りたい天神屋ではないのだ」

「……白夜さん」

「しかし現状、それはとても難儀な道だったりする。大旦那の椅子をすげ替えた方が、よほど穏便に事は運ぶからだ」

「それはどうして？　大旦那様が邪鬼だったのが、そんなにいけないことなの？」

「ああ、そうだ」

「でも、大旦那様は最初から〝鬼〟だったじゃない。〝邪鬼〟は鬼とは違うというの？」

「違うとも。邪鬼とは数いる鬼の一種族というと分かりやすいだろうが、文字通り邪悪な性質を持つ鬼だ。見た目こそただの鬼と変わらないが、その力は通常の鬼よりはるかに強く、また邪心を宿し、性格は残虐。隠世の古い時代には、ある邪鬼によって妖王が殺められ、大きく歴史を動かされたこともある。幸い、邪鬼によって世を支配されることはまぬがれたのだが、それ以降、邪鬼は隠世の地中奥深くに封じられるべき存在となった」

白夜さんは手元の、中途半端に開いていた扇子を、ピシッと閉じる。

眉間にしわを寄せた険しい表情のまま。

「要するに、邪鬼とは隠世の王権を揺るがし、世を乱しかねない忌むべき存在なのだ。隠世のあやかしたちにとって最も恐ろしい、いわば害妖。故に、妖王は大旦那様が邪鬼であったことを知り、捕らえたのだ」

その話を聞き、私は身体中が冷えていくのを感じた。

「もしかして……妖王様は、再び大旦那様を封印しようとしているの？」

「ああ、そのつもりだったのだろう。大旦那様ほどの者が邪鬼であったのなら、脅威に感じるのも無理はない。それがこの隠世を守る、妖王の義務でもあるからな」

「……で、でも！　大旦那様は、そんな風に言われている邪鬼とは違う。そりゃあ最初は怖かったけれど、知れば知るほど、大旦那様って素朴よ。何かを傷つけたり、壊したり、鬼のくせに一つも悪いことをしていないじゃない。私のことを、南の地の邪鬼から守ってくれたのも、大旦那様だったわ！」

邪鬼というものでくれないほど、大旦那様の内面は一般的なそれとはかけ離れている。

私が、まだまだ大旦那様を知らないだけなの？

でも、天神屋の皆があんなに大旦那様を慕っていたのは、私が感じたあのひとの優しさや懐の大きさを、誰もが感じているからではないの？

「もちろん。邪鬼にもいろいろといる。典型的な邪念を抱く愚かな邪鬼と、そういったものを内側に抑え込み、ただ強大な力を持っているにすぎない邪鬼と。大旦那様は、後者だ。天神屋の地下に封じられる以前はどうだったのか知らない。だが黄金童子様に封印を解かれ、この世に再び出てきたあの方は、私の知る陰険な宮中のあやかしたちより、ずっとまっすぐな目をしていた。邪鬼というだけで、あの方を再び、暗い地中に閉じ込めるわけにはいかない」

暗い、地中に……

なんだか、様々な感情が湧き上がり、私はいっそう震えた。

そういう場所に閉じ込められていたのは、私だけではなかったのだ。

大旦那様もそうだった。その期間は、私なんかよりずっと長くて、孤独で、きっと、ずっとお腹も空いていて……辛くて、辛くて。

「それに、大旦那様は……もう……」

「白夜さん？」

「いや」

白夜さんは一度強く首を振ると、漏らしかけた言葉の続きを語ることはなく、目の前の湯のみに注がれていた冷めたたんぽぽ珈琲を飲み干した。

「葵君。長々と訳のわからない話をしてしまった。混乱させて、すまないな」

「い、いえ……今までずっと分からずにもやもやしていたことが、少しだけわかった気がするわ。だけど、怖い……。大旦那様は、これからどうなってしまうのかしら。天神屋に、戻ってこられるのかしら」

白夜さんは、手元の扇子を、静かに握りしめていた。

「現在の大旦那様の居場所は、おおよそ目星が付いている。黄金童子様が側にいるのであれば、大丈夫だ。しかし、しばらく天神屋にはお戻りにはならないだろう」

それは、なぜ？

そう尋ねたが、それに関して白夜さんは首を振るだけ。

何か他にも、事情がありそうだった。大旦那様が天神屋に戻れない、理由。

白夜さんは少しだけ時間を置いて、呟きのように続けた。

「……たとえ、隠世の全てのあやかしが敵に回ったとしても、私はあの方の味方でありたいと思う。しかしそれは同時に、天神屋を失うということになりかねない。隠世の全てが敵であれば、宿屋など営むことはできないからだ」

「それは……」

その通りだ。

宿屋という商売上、評判やイメージが、客足に影響するのは当然のこと。

邪鬼が隠世のあやかしたちに嫌われ、否定されている存在であれば、今までどんなに評判が良くても、そういったものは簡単に覆される。

「天神屋には多くの者たちが勤めている。天神屋が失墜すれば、天神屋で働く従業員たちが路頭に迷うことになる。数多くの孤児もいる。彼らを守るためには、天神屋という組織は必要だ。天神屋を守るためには……」

「待って。白夜さん、まさか大旦那様を……〝大旦那〟を別の者に変えるつもりなんじゃないでしょうね」

だから、大旦那様は天神屋に戻れないというの……？

私は思わず立ち上がり、涙声になって訴えていた。あの白夜さんに向かって。

「私、嫌よ！　天神屋で働き始めて間もない私だけど、大旦那様にとって、天神屋が居場所なのは、私でもわかっているわ。だって〝大旦那様〟なのよ！」

大旦那様にとって、天神屋とは、自分を孤独から救い出した場所なのではないだろうか。

仲間ができて、苦楽を共にし、やがて生きがいを見出(みいだ)した。そんな場所。


『天神屋(ここ)に僕の居場所がなくなると、僕にはもう行き場がないからね』


以前、あの人は寂しそうな目をして、私に言った。

その言葉の意味を、今ならば少し、理解出来る。

大旦那様のことで必死になる私に、白夜さんは少し驚いていたが、落ち着いた声音で「わかっている」と返してくれた。

「言っただろう。私も大旦那様が大旦那ではない天神屋など許せない。大事なのは、大旦那様が天神屋に戻れるよう、我々が年末の夜行会まで粘ることだ。必要なのは、大旦那様除籍の決定に対する、過半数の八葉の反対。五つ以上の金印を、絶対に押させてはならない。世間体など、知ったことではないわ……っ」

いつも冷静な白夜さんが、今ばかりは、熱く感情的な言葉を吐いた。

白夜さんが、こんなにも大旦那様のことを思い動いていることに、少なからず驚いた。

一方で、大旦那様にそれほどの部下がいるということが、希望のような、奇跡のような。

私よりよほど、白夜さんは大旦那様と長く、共に働いてきた。

こんなことを私が考えるのはおこがましい気がするが、白夜さんのようなひとが、大旦那様の理解者で良かったと、なんだか涙すら出そうになる。

「どうした、葵君」

「いえ……私、白夜さんはもっと、冷静で無情なひとかと思っていたから」

「ふん。私の欠点は、身内に甘いところだ」

「そう？　結構厳しいと思うわよ。結構」

白夜さんの厳しさがなければ、天神屋はまとまらない。

しかし、大事なところで熱くなれる白夜さんは、私の思っている以上に、誰より情の深いひとなのかもしれない。

「葵君こそひとのことを言えぬだろう。あれほど大旦那様を拒否しておきながら、その変わりようは何だ。もうすっかり大旦那様に惚れ込んでいるように見えるが」

「は、はあああ？？？　そんなんじゃないわよ、ラブっていうかライクなの！　多分！」

「……白夜さん」

「相変わらず、素直ではないな君は」

力説する私に対し、呆(あき)れた目を向けてくる白夜さんだったが、

「葵君。せめて君は、最後まで大旦那様の味方であってくれ。たとえ、あの方のどのような姿を見たとしても」

「…………」

「いや、これぱかりは、強制はできないか」

彼は憂いを帯びた苦い笑みを零(こぼ)し、そんな言葉で話を終える。

そして「では私はこれより右大臣との密会があるので」と、慌ただしくこの時計屋〝影ぼうし〟を出て行ったのだった。


しばらくこの店に留(とど)まり、別の隠し通路から外へ出て天神屋に戻るようにと命じられていた。敵に動きを悟られないように、とのことだ。

「少し疲れただろう。もう一杯、たんぽぽ珈琲のおかわりはどう？」

千年土竜の店主・紫門さんが、椅子に座りっぱなしの私に優しく声をかけてくれた。

「ありがとうございます。いただきます」

「干し果実を混ぜた、そば粉の焼き菓子も食べるかい」

手際よく、珈琲とお菓子を用意してくれる。

私と、この部屋に戻ってきたサスケ君の分だ。

そば粉を使って、干し果実と香辛料をたっぷり加えて焼いたという、パウンドケーキのような焼き菓子に、私たちは目を輝かせる。

「これも僕の妻が焼いたお菓子でね。香辛料をたくさん練りこんでいるから、少々癖がある味だけど、冬にはぴったりだよ」

「あ、ほんとうだ。シナモンのいい匂い……あ、胡麻や黒豆も練りこんで焼いているんだ」

　スパイシーな焼き菓子って、体がぽかぽか温まるというか、なんだかほっとする。

　この癖のある味が、時に食べたくなったりするのよね。

　一口食べて、やはり心に染み込む味だと思った。

　シナモンと干し果実の相性は言うまでもないが、小麦粉ではなくそば粉で焼き上げているのがこのお菓子の特徴だ。素朴な和の味わいに、さっきまでザワザワとしていた心も、少しずつ落ちつかされる。

「美味しい、そば粉のいい匂い……たんぽぽ珈琲にもよく合いますね」

「あなたに褒められたのなら、きっと妻も喜ぶ。妻はこのお菓子をあるお菓子職人に習ったのだが、なかなか振舞う機会もなくてね」

　紫門さんはニコリと微笑んだ。

　サスケ君もこのお菓子は好きみたいで、無言で頬張っている。この顔は気に入っている顔だ。そのことも、さりげなく紫門さんに伝えた。

「あの、紫門さんの奥様も、千年土竜なのですか？」

「もちろん。千年土竜とは基本は土の中に潜り、何かもの作りや研究に没頭する方が得意なもんだから、こういう生活が合う相手というのも千年土竜ばかりでね。私はこんな地下階層で時計を作ったり修理したりしているが、妻は地下農園でこつこつ野菜や果実を育てている」

「やっぱり、そういうところは、砂楽博士に似ておられるのでござるな」

サスケ君がさりげなく口を挟んだ。

「はは。そうだね。弟の砂楽は千年土竜の中でもとりわけ頭脳明晰で、優秀な発明家だった。しかしそのせいで地中より引き摺り出され、宮中の研究者として、随分と辛い研究を強いられていたようだ」

「辛い……研究ですか？」

「ああ。誰かを傷つけるものを作る研究だ。それは隠世にとって大事なことだったが、砂楽にとっては、自らの心を痛め続ける研究だった」

紫門さんはその内容に詳しく触れることはなく、ふっと微笑み、話を続けた。

「ただ、砂楽は救われた。白夜様と、天神屋の大旦那様によって。自分の生み出したものがあやかしたちに喜ばれる、そういう研究ができる場所に連れて行ってもらえた。砂楽は変わったやつだが、あれで義理堅い。天神屋の為に、今回も頑張るつもりだと思うよ」

私とサスケ君は顔を見合わせる。

いつも適当でヘラヘラとしていて、しかし時に狂気すら感じるほど研究熱心な砂楽博士。

博士博士と、お土産関連ではかなり頼りにしてしまったし、夜ダカ号も砂楽博士が用意してくれた。あの博士にも、そのような過去があったとは。

大旦那様が天神屋からいなくなり、徐々に紐解(ひもと)かれ始める、幹部たちの事情。

天神屋の歴史とともに、あの宿を支え続けた者たちの物語があるのだ。

特に、大旦那様、白夜さん、砂楽博士という、創設に関わった者たちには……

夕方になり、私とサスケ君は紫門さんの家を出ようと、裏口に向かった。

裏口の前にはカゴいっぱいの野菜や花が置かれていて、キョロキョロと周囲を見回すと、向こうの物陰から眼鏡をかけた小柄な女性がこちらを見ていたので、きっとあのひとが紫門さんの奥さんだろうと思った。

私はそちらに、ぺこりと頭を下げる。

「妻からの土産だ。どうぞ持って行ってほしい」

「えっ、いいんですか？」

「もちろん。地下栽培の野菜は日光こそ妖火に頼っているが、季節の影響も少なく、綺麗な地下水と霊力を豊富に含んだ土を利用している。元来の妖都野菜とは違った味わいと特徴を持った野菜を育てているんだ。最近は結構、貴族階級にも食べられるようになってきたんだよ」

「その話、以前聞いたことがあります。最近は地下栽培の野菜に勢いがあるって」

私がカゴを持ち上げようとしたら、サスケ君がすかさずそれを背負ってくれた。

こういうのは拙者の仕事、と言わんばかりのおすまし顔で。

ありがとう。なんて頼もしい忍び……

「そうだ。帰りの際に、ぜひわさび田も覗いていってくれ」

「わさび田、ですか？」

「妻の農園の、一番の売れ筋でね。自慢のわさびなんだ」

わさびの田んぼなんて見たことない。確かに興味を引かれる。

というわけで紫門さんの案内に従い、帰りの通路でもある配管がむき出しの暗い地下通路を抜けた。

するとその前に広がる景色に、思わず目を見張る。

「わあ……すごい景色」

そこは地下でありながら、石で整えられた浅い水場がどこまでも広がっており、水車小屋が所々に設置されている。

水と緑の美しい、のどかなわさび田だ。

日光のような色合いの光を作っているのは、高い天井にはめ込まれた、妖火を閉じ込めた巨大な水晶体。

確かに、今まで見たことのない田園風景である。

紫門さんは慣れたようにわさび田へと分け入り、いくつか抜いて持ってくると、一つを私に手渡し、残りをサスケ君の背負っていたカゴに入れた。

まだすりおろす前の、葉のついた自然な形のわさびだ。

「貰(もら)っていいんですか？」

「もちろん。妻も君に食べてほしいと言っていたよ。とれたてのわさびはとにかく香りがいい。辛さと甘みも絶妙だから、ぜひ色々なお料理に使ってくれ」

たくさんの野菜をもらったばかりだが、わさびまでいただけるなんて本当にありがたい。

この立派なわさび、何のお料理に使いましょうか。

わさび田を通り過ぎ、岩壁に突き当たる。

そこにはなんと、千年土竜たちの掘った縦穴を利用した昇降機があるようだった。いわゆる、エレベーター。普段はこのエレベーターを使って地上に野菜を運んでいるらしい。

どうやら私たちはかなり深い地下にいたみたいで、約五分ほどエレベーターで上昇した。

エレベーターを降りると、そこは古い納屋の中で、出荷前の野菜が並んでいる。

外へ出ると、平地に冬田が延々と広がっている。

ここは妖都から少し離れた場所のようだ。遠く浮かび上がる巨大な妖都をぼんやりと眺めているのに、どこかから枯葉を焼いたような田舎の匂いが漂ってくる。

その田園を横断するのは、隠世最大の運河、大甘露川だ。

冬の夕焼けが水面に映り込むのを見ていると、なんだか切ない気持ちになった。

「葵殿。天神屋からのお迎えでござる」

一隻の小さな船が、川を渡ってこちらへとやってきた。

サスケ君の言った通り天神屋の船のようで、先ほど八百屋で買った赤カブや、豆種専門店で買ったアーモンドなどの食材も、すでにその船に積み込まれている。

この船に乗り込み、大甘露川の流れを窓辺から見つめ、様々な感情に戸惑い、揺り動かされながら、私はなんとなく胸元に秘めたあの鍵を取り出し、この手で握りしめていた。

以前、大旦那様が夕がおで私にくれた鍵。

大旦那様のことで、何か知りたいことがあるのなら、この鍵で開けることのできるものを探せと、あのひとは言っていた。

確かに、この鍵で開く扉はあったわ。

その扉を開けた先で、私は確かにあなたの声を聞いた。ならば、またこの鍵で開くものを探していけば、いつか大旦那様に辿り着くような気がする。

ねえ、大旦那様。

今、あなたはどこにいるの？

「……あれ？」

窓に映り込む自分の姿を意識した時、髪にさしている簪に、ハッとした。

「うそ、かんざしの花が……」

椿の蕾の簪……まるで、この冬を待ちわびたと言わんばかりに赤い花弁を開いている。

それはもう、椿の花と言い切っていい程だった。

それが示すものは、いったい何？

私の心はますます乱され、苦しいほど胸が締め付けられた。

第五話　天神手鞠遊び

その日の夜。数日ぶりに天神屋へと戻って来た。

妖都で揃えた食材を、私とサスケ君、そしてカマイタチの子どもたちに手伝ってもらいながら、夕がおに運ぶ。

「ありがとう。みんなはもうご飯食べた？　何か作ろうか？」

「……うーん」

カマイタチの子どもたちは曖昧な返事をして、どこか元気がない。

数日ぶりに会うサスケ君にひしとつかまり、「サスケ兄ちゃんサスケ兄ちゃん」と甘えてばかりいる。

いつもお腹を空かせているのに、この子たちがご飯をねだらないなんて……

「こらお前たち。もう少ししっかりするでござる！　ベタベタと甘えて、それでは天神屋の立派なお庭番になれないでござるよ」

「だってー」

「サスケ兄ちゃんまで帰ってこなかったらって思ったんだもん」

ブーブー言う弟や妹たちに、サスケ君はますます怒る。

「もん、じゃないでござる。語尾のござるを忘れてるでござる！」

「ま、まあまあサスケ君。みんな滅入っているのよ。天神屋が大変な時で、大旦那様やサイゾウさんもいな……」

そこまで言って、私はハッと口を押さえる。

私がサイゾウさんの名を出したせいで、子どもたちがわっと泣き出した。

私は慌てて「ごめんねごめんねっ」と彼らに謝る。

「もうしわけないでござる、葵殿。忍びであればこそ、このような事態は度々あること。きっと親父殿は、今も大旦那様をお守りしているに違いない……だから、親父殿を信じて待っているしかないと、言い聞かせているのでござるが……」

「いいえ、仕方がないわ。……みんな、お父さんやお兄ちゃんが大好きなんだものね。大事な人が帰らなくて、不安でたまらない気持ちは、わかるわ」

私は子どもたちの涙をぬぐい、よしよしと順番に頭を撫でた。

カマイタチの子どもたちは素直で、誰もがみんな、両親や兄弟、家族を愛している。

それはとても幸せなこと。温かな家庭があるということ。だからこそ、誰かが欠けることが不安で、苦しいのだ。

そういう不安を取り除いてあげることはできなくても、励ましたり、元気づけてあげたりしたいのだけど……

「あ、夕がおに明かりがついているわ」

今夜は夕がおの営業は無いが、中の明かりはついており、煙突からは煙が出ていた。

カマイタチの皆はそれぞれ、天神屋の周辺を見回るため、夜の風に巻かれて消えてしまった。

天神屋は今、警戒レベルが上がっており、カマイタチが総出で警備に当たってくれている。子どもたちも年上のカマイタチのお手伝いをして、夜もあちこち駆け回っているらしいのだった。

みんな、大丈夫かな……

「あ、葵さまー、お疲れ様です」

アイちゃんが夕がおのカウンターの内側から、顔をひょこっと上げる。

どうやら、明日の夜ダカ号の営業のため、時間のかかる下ごしらえをしていてくれたみたいだ。

主にコンソメを作る為の野菜を剥いたり切ったり、煮込んだりの作業だけど、本当にありがたい。ちゃんと文通式で頼んでおいたことを、やってくれている。

「アイちゃん、あなたもお疲れ様。ずっと私の姿でいるの、大変だったでしょう？」

「いいえ、夕がおの営業がある訳じゃないので、それほどでもー。むしろ葵さまになれたみたいで楽しいです。みんな気遣ってくれて優しいですしー。ただおチビちゃんが……」

「ん、チビがどうしたの？」

カウンターの上を指差すアイちゃん。

〝さがさないでくだしゃい。すてられたぼくはたびにでましゅ〟

よれよれの字で、そんなふうに書かれたメモが一枚、小石の重石をのっけて置かれている。

「なにこれ。チビが書いたの？」

「そうです～。おチビちゃん、葵さまが帰ってこないもんだから捨てられたと思ったみたいで、旅に出てしまいました」

「えええええー。捨てた訳じゃないわよ！　私だって、予想外な展開と流れだったんだから」

「私も何度か説明したんですけどねー。でも『アイしゃんの言うことは信じないでしゅ～、きっと妖都で違う愛玩あやかしを拾ってくるはずでしゅ～、そういう展開が目に見えるでしゅ～』って。おチビちゃん、結構頑固でー」

「チビったら、はあ～、いっちょまえに嫉妬して」

そういうところもいじらしいけどさ。

カマイタチの子どもたちも心配だが、こっちはこっちでチビが失踪。

あの子はいったいどこへ行ってしまったんだろう。もしかして、本当に旅に出てしまったんだろうか。

「葵さん、お疲れ様です！」

そんな時、銀次さんが夕がおにやってきた。

私が戻ってきたと聞いて、ここまで来てくれたのだ。数日ぶりだが、私は銀次さんに会えて安堵を覚える。

「銀次さん、数日ぶりね」

「ええ。突然のことで、色々と大変だったでしょう。お疲れでは？」

「ううん、色々と白夜さんに話を聞けたわ。銀次さんも、大旦那様や白夜さんがいなくて、忙しいんじゃない？」

「確かに大変なこともありますが、それは皆同じですから。それに従業員一人一人が危機感を抱き、いつも以上に仕事に集中していることもあって、私の出る幕はほとんどないのです。皆さん本当にしっかりしていて」

銀次さんは苦笑する。天神屋の皆が、一致団結してこの窮地を脱しようとしている様が、とても頼もしいと言いながら。

「そっか。皆、頑張っているのね。でも多分、銀次さんにばかり大変な思いをさせたくないって思いもあるんだと思うわ」

「上が頼りない方が、部下が育っていいますしね～」

「銀次さんはとても頼り甲斐があるわよ。それに、やる気を引き出すのが上手だし」

「ふふ。葵さんもひとを持ち上げるのがお上手で」

「あら。こういうのは銀次さんに教えて貰ったようなものよ？」

そしてお互いに、プッと吹き出す。

銀次さんと一緒にいると、私もいつものように笑えるんだな。

「しかしですね、皆が頑張ってくれているのは大変良いことなのですが、頑張りすぎて休み時間を取れているのかが心配です。一人の負担が大きくなっていますから、何か栄養のある差し入れでも持っていけたらと思うのですがね」

「差し入れ……」

ふむ。

確かに、こういう時こそ手軽に食べられるものを作って、天神屋の皆に持っていけたらいいのだけれど……

しかしこちらはこちらで問題を抱えている。

「明日は、スープの日でしたよね」

「ええ。赤カブをたくさん買ってきたから、これでボルシチを作ろうと思うの。あと、体の温まる、カレーコンソメスープ。絶対に外さない王道豚汁と、鶏団子がジューシーな春雨スープ」

「いいですね。現世の、世界各国横断って感じで。今から下ごしらえですか？」

「そうしたいところなんだけど……ちょっと問題もあって」

かくかくしかじか、私は銀次さんに説明する。

主にチビが家出しちゃったかもしれない、という話を。

しかし銀次さんは目をぱちくりとさせて、首を傾げる。

「私、さっきチビさんを見かけましたよ？」

「えっ、どこで⁉」

「裏山の竹林の中で。私、ちょうど温泉卵を取りに行っていたのです。あの管子猫たちが住んでいる竹林で、チビさんがゴソゴソと草をかき分けているのを見ました。何をしていたのかは知りませんが、そこら辺を散策しているのはいつものことかと思って、そっとしておいたのですが……」

「わ、私！　ちょっとチビを探してくる！」

私は夕がおを飛び出す。銀次さんが「夜の裏山は危ないですよっ！」と慌てて付いてきてくれた。

中庭から直接裏山へと続く道があり、急ぎ足でその山を登る。

登りながら、私は縫ノ陰邸での出来事や、妖都で見たもの、白夜さんとの再会など、銀次さんに話をした。

「ねえ銀次さん。その、銀次さんは大旦那様の事情を……知っているの？」

私が改まって尋ねると、銀次さんは前を見据え、真面目な顔をして「ええ」と答えた。

「大旦那様の正体でしたら、幹部の中でも、ごく一部しか知らない情報です。しかし私は以前、大旦那様より直接聞かされる機会がありました。……葵さんは、白夜さんから？」

「ええ」

「正体を知り、大旦那様を、怖いと思いましたか？」

「いいえ。それでもやっぱり、大旦那様は大旦那様だと思ったわ」

そう言うと、銀次さんは柔らかく微笑む。それでいいのだと、小さく頷く。

「ただ恐ろしいのは、この情報が天神屋の皆に知れ渡った時、どれほどの従業員が天神屋に残ってくださるか、ということでしょうか……。鬼は鬼でも、邪鬼であると話は別だと考える者たちも多いでしょう」

「……そっか」

いくら私が、大旦那様は大旦那様だと思っても、そうは思えない隠世のあやかしたちの事情は、あるのだろう。

大旦那様の正体はまだ隠世に広く知られてはいないけれど、妖都の連中は、それを世に知らせるつもりなのだろうか。そうなったら、天神屋は、どうなるのだろう……

「あ、あおいたまー、おきつねたまー」

そんな時、白くふわふわした管子猫に遭遇した。その子は愛らしくすり寄ってくる。

管子猫は白夜さんがこっそり可愛がっている、天神屋の裏山に生息する弱小あやかしだ。

「白夜たまいなくてー、さみしーのー」

「あおいたまー、かまってよー」

徐々に管子猫まみれになる私。

私はそんな管子猫たちに待ったをかけながら、チビについて尋ねてみる。

「ねえあんたたち、ここらでチビを見なかった？」

「チビたんー？」

「チビたんはー、ぼくらのすみかでねてるー」

「いえでした、っていってるー」

あっさり教えてくれた管子猫たち。

私はその管子猫の案内で、彼らの棲家へと向かう。

そこは竹林の中の、切り株が並ぶ一帯で、かつて白夜さんが管子猫たちを餌付けしていた場所だった。管子猫が「こっちよー」と、ある切り株を覗き込む。

「あ、チビ。この子まで切り株の中に」

チビはちょっと太めの竹の切り株の中で、体を丸めて寝ていた。

両手で風呂敷の包みを抱えている。

「見るからに家出スタイルですね」

銀次さんもそれを覗き込んだ。

「チビ、チビ、起きて」

指でつつくと、チビは目をこすりながら「まだ眠いでしゅ〜」と文句を漏らす。

しかし起こしたのが私だとわかると、目をぱちくりさせてしばらくぼけっとしていたが、やがて頬を目いっぱい膨らませた。

「葵しゃんでしゅ〜、僕を捨てた葵しゃんでしゅ〜」

「もう、恨みがましいわね。別にチビを捨てていった訳じゃないわよ。私にも色々とあったの。……ね、だからほら、一緒に夕がおに行きましょ。次は連れて行ってあげるから」

「……うー、シャーッ」

「葵さん葵さんっ、こちらを威嚇してますよ！」

「今回は手強いわね……」

チビは唇をカチカチ鳴らして、唸りながらしきりにこちらを威嚇する。

私が指を差し出すと、カプッと噛み付くのだ。

私はそんなチビを吊り上げて、チビを顔の前まで連れてくる。

「……痛くないわよ、チビ」

「うー。葵しゃんもう僕いらないでしゅー。僕ももう葵しゃんいらないでしゅー」

「いらなくない。チビは私の眷属でしょう。もうチビに私が必要なくても、私はチビがいないと寂しいわ」

「………」

「チビにはもう、本当に私は必要ない？」

チビはじっと私を見上げ、しばらくそのまま固まって、何か小難しいことを考え込んでいたみたいだが……

そのうちにぐーとお腹を鳴らした。

「あんた、お腹すいてるの？　もしかしてここ数日、何も食べてなかったの？　ていうかちょっと痩せた？　いつもより軽い気がするんだけど」

「うー……葵しゃんの作った食べ物しか、食べたくないでしゅ～」

威嚇したり噛みついたりしていたくせに、そこは素直に、可愛いことを言う。

私は思わず「あはは」と笑った。チビがコロッと態度を変えて、もう私の指にチューチュー吸い付いて甘えてくるので、銀次さんも「短い反抗期でしたね」と。

「じゃあ、夕がおに戻って、ご飯にしましょう。チビの食べたいもの、作ってあげるわ」

「んー。じゃあ河童巻き、でしゅ～」

「やっぱり。あんたってほんと河童巻き好きねえ。でもちょうど、新鮮なわさびが手に入ったの。きゅうりもあるから、美味しい河童巻きを作ってあげる」

チビはわさびには興味なげだが、きゅうりきゅうりと、そこで乱舞している。

「わさび!? 新鮮なわさび、いいですねえ!」

「あれ、わさびには銀次さんの方が食いついちゃった。わさび好きだったっけ?」

「もちろん! あれほどお酒に合う薬味もないですよ」

「なら他にもお野菜で手鞠寿司をたくさん作ってみようかしら。手鞠寿司なら、たくさん作って皆のところへ持って行くのも、それほど難しくないし……」

しかし銀次さんは「先ほどの私の話のせいですか?」と心配そうな顔をして慌てる。

「あまり無茶はなさらず。明日の営業もありますし、葵さんもお疲れでしょう」

「そんな、無茶じゃないわ。私、できることをやりたいの。できることがない方が、今はとても辛いから」

「……葵さん」

「さあ、夕がおに帰りましょう。チビもお腹を空かせているからね」

チビの甲羅を掴み、肩の定位置にのせて、夕がおへと戻る。チビはもう私の肩の上でいつものように水かきづくろいをしていた。

夕がおに戻り、さっそくお米を炊き、酢飯を用意した。

　そりゃもう、たくさん用意した。

「葵さま、こんなにたくさんの酢飯、一体どうするんですか？」

　アイちゃんが、大きな檜の寿司桶三つ分の酢飯をうちわで扇ぎながら、疑問ばかりの顔をしている。ついでにチビも小さなうちわでパタパタしている。

「もっともっと作るわよ。これはね、天神屋のみんなが今とても大変だから、手軽に食べられる手鞠寿司を差し入れで持って行こうかなって」

「はあ〜。葵さまって本当に料理してないと死んじゃいそうですね」

　それは褒めているのか貶しているのか。

　アイちゃんはなんだかんだと私の作業を手伝ってくれた。なのでアイちゃんは酢飯担当。

「葵さん、ありました！　盛り付け用の寿司桶です！」

「わあ、ありがとう銀次さん！」

　銀次さんが厨房裏の蔵から、古いタイプの漆の寿司桶を持ってきてくれた。

　私はというと、さっきから、せっせとお野菜を切っている。

　今回作るのは、通常のお魚のお寿司ではなく、野菜の手鞠寿司。

　きゅうりや人参、みょうがや山芋、手作り白菜のお新香、梅干しなどを使って、カラフルな色合いも楽しんでもらえるように可愛く作りたい。

　だけど作業はいたって簡単。

きゅうり、人参は薄切りにして、ごま油と塩で揉みこんでおく。

みょうがは一枚一枚剥がし、醤油に漬けておく。

山芋は角切りにして、甘みのあるカツオ梅干しと和えておく。

白菜のお新香は、手作りのものがたくさんあるので、それを手鞠寿司にちょうど良いように切っておく。

銀次さんには、大好きなわさびをさっそくすってもらった。

茎を切り取り、茎のあった部分からすりおろすのが、わさびを一番美味しく食べるすりおろし方。

「ああ、この新鮮なわさびの香り……。たまりません」

「ちゃんとすりおろした本わさびって、水分が多くて色も綺麗な薄緑色ね」

自然そのままの爽やかないい香り。

銀次さんと一緒に、ちょこっと味見をしてみたのだが、鼻にツンとくる痛みも、むしろ心地よいくらい。

いいわさびほど辛くないと聞くが、確かに綺麗な水と土で育った、変なクセがいっさいない美味しいわさびだ。辛さはちゃんとあるけれど、長引かず爽やかに通り過ぎていく程度なのである。

これを、酢飯担当のアイちゃんが丸めておいてくれた手鞠の酢飯に、適量をのせ、用意していた野菜の寿司ネタを、この酢飯にかぶせて側面に合わせて貼り付ける。山芋だけは硬さがあるので、細く切った海苔で固定する。

すると、色の綺麗な丸い手鞠寿司ができるのだ。

このように流れ作業のごとく、夕がおの面々でひたすら手鞠寿司を作っていった。

「おや葵さん。野菜以外のお寿司も作るのですか？」

「ええ銀次さん。野菜嫌いなひともいるでしょうからね。子どもたちは特に。お魚は無いけれど、玉子のお寿司は定番だし、ベーコンのお寿司も結構美味しいのよ。ベーコン、たくさん作っといてよかった〜」

私は野菜手鞠寿司の他にも、ダシの効いたしっとり厚焼き玉子を作って薄く切り、海苔で固定した玉子寿司と、冒険心をくすぐる薄切り炙りベーコンを巻いたお寿司を作った。こちら、真ん中にチーズのかけら入り。

最近、ベーコンは切らすことの無いよう、暇があれば仕込んで作り置きしているし、チーズ料理も冬に向けて開発中だったので、北からたくさん取り寄せていた。

手作りベーコンはあやかしの皆も大好きだし、生のお肉より日持ちするし、どんなお料理にも活用できるからね。

「葵しゃーん、僕の河童巻きまだでしゅか〜」

「あ、忘れてた」

チビが催促するので、今度は細巻きを作る。

河童巻きはもちろんのこと、たくあんや梅肉を巻いたものや、納豆巻きも。

もうここにあるもので使えそうなものを全部使って、手鞠寿司や細巻きを作った。

これらを皆で寿司桶に盛り付け、色合いも綺麗な野菜手鞠寿司、海苔玉子寿司、ベーコンの軍艦巻き、色々細巻きが完成。

「ふう、お魚は無いけど、これはこれで見栄えもいいわね」

「綺麗ですねえ、素敵ですねえ」

銀次さんも興奮気味。余った手鞠寿司と細巻きを、私たちは味見してみる。

「ん、みょうが！　みょうがのお寿司おすすめ！　これ、かなり大人な味してる！」

「いや〜、山芋の手鞠寿司も絶妙ですよ。梅風味の山芋、あやかしが好きな定番の味ですが、これをお寿司でいただくのは初めてです。他の野菜寿司もそれぞれ歯ごたえが面白く、野菜の味を楽しめていいですねえ。これを新鮮なわさびでいただくとは、贅沢の極み」

野菜の手鞠寿司の出来栄えに興奮している私と銀次さん。

「やっぱきゅうりでしゅ〜、きゅうりオンリー、シンプルな河童巻きが一番でしゅ〜。次点で玉きゅう、梅きゅうでしゅ」

「私的には、ベーコンとチーズのお寿司が満足感あって好きですかねー」

野菜の手鞠寿司より、それ以外の細巻きやお寿司にがっつく、二匹の眷属。

「いや待って。私たちがここで満足しちゃダメよ。そろそろ天神屋の営業も終わるし、疲れ切った皆に差し入れとして持っていかなくちゃ！」

私たちは本来の趣旨を思い出し、さっそくお寿司を各部署に運ぶ。

まるで、出前のお寿司屋さんみたいだわ。

「まあ……葵さん、若旦那様。こんなにたくさんのお寿司をありがとうございます。ちょうど、夜食に何か食べたいと……皆で話していたところなんです」

まずは湯守の静奈ちゃんと、そのお弟子さんたちの休憩所へと、この手鞠寿司を運んだ。

お風呂場で働く女の子や男の子がわらわらと出てきて「かわいー」「美味そう」とはしゃいでいる。つまみ食いしようとして素早く手鞠寿司に手を伸ばした、静奈ちゃん直属の弟子でもある湯守補佐長の和音さんの手を、笑顔でパシッとひっぱたく。

「意地汚いのは、いけませんよ和音。少々お待ちなさい」

「いった〜っ。静奈様のケチ！　ジジ専！」

あれ、静奈ちゃん、湯守の弟子たちには結構厳しいタイプ……？

ここには若い面々も多いが、皆成妖した大人ばかりで、わさびも野菜も好きなひとが多いとのことだ。良かった。

「お風呂場は忙しい？」

「他の部署よりは、それほどでもないと思います。私の場合、急ぎ地下での研究を進めているので、そちらの方が慌ただしいというのはありますが」

静奈ちゃんは眉根（まゆね）を寄せて微笑む。

そういえば、白夜さんに何かの薬を急いで作って欲しいと言われていた。

「ま、わさびの香りが際立っていますね」

「これ、妖都の地下のわさび田で育った新鮮なものよ。そうだ、湯守も地下で野菜を育てていたわよね」

「ええ。温泉と地熱、地下から湧き出る霊力を利用した栽培を研究しているところです。妖都の広大な地下栽培施設は、私たちも時々視察に行き、参考にしているのですよ」

静奈ちゃんは、地下育ちの野菜やわさびを使った手鞠寿司を、興味深そうに味わっている。

他の子たちも、これを食べたら地下へ行かなきゃと、口々に言っていた。

忙しくてもまだまだ研究の方へと意識が向くし、やる気満々。

やっぱり湯守って体力必須（ひっす）だなあ……なんて、つくづく思う。

「まあ！　若旦那様！」

「若旦那様が差し入れを持ってきてくださったわ！」

　次に向かったのは仲居たちの休憩所だ。

　仲居の女の子たちは銀次さんがわざわざ差し入れを持ってきてくれたとあって、大はしゃぎ。誰もがボロボロになっていたところを、今になって陰で化粧を整えたりしている。

　多分、隣の私は見えていない。

「お気遣いありがとうございます若旦那様。皆もうお腹を空かせてしまって。しかしお菓子やおまんじゅうをつまんでいるだけでは栄養も偏りますから」

　若女将の菊乃さんだ。

　他の仲居の子たちとは違う、人妻の余裕たっぷりな笑顔と色気で私たちを迎えてくれる。

「いいえ、菊乃さん。こちら葵さんが手作りで用意してくださったのですよ」

「あらまあ葵さんが？　色々と大変と聞きますよ。ご無理をさせたのでは？」

「そんなことないわ菊乃さん。妖都で手に入れた野菜を使って、ちょうど何か作ろうと思っていたから」

　菊乃さんの話を聞くに、仲居はやはり人手不足が目だっているみたいで、今は皆が緊張しているから大きなミスは無いが、これから疲れが見えてきたときにどうなるのかが不安と言っていた。

　銀次さんはそれを聞いて、仲居をあと数人増やせるよう、配膳業者のつてを当たってみると言っていた。

次に手鞠寿司の差し入れを持っていったのは、お帳場だ。

お帳場は天神屋の奥にある、大きく重い扉によって閉ざされた部署。

その扉を僅かに開けて中を覗いても、とにかく誰もが忙しそう。

お帳場の白い着物を纏うあやかしたちがものすごい形相で机に向かい、筆を動かしたりそろばんを弾いたりしている。

「白夜さんの一日の仕事量はものすごいものでした。あれはあやかし離れしたお力だったが故に、それが抜けた穴は大きいみたいです」

「あやかし離れした力って、もう何者か分からないわね……」

白夜さんが鍛え上げたお帳場の面々はとても優秀なひとが多いと聞くけれど、それでもこれだけ忙しいのだから、天神屋お帳場の日々の仕事量、また白夜さんの日々の仕事量がどれほど凄いものなのかがうかがえる。

「あら若旦那様、葵さん。いかがなされましたか」

お帳場長補佐の、眼鏡ときっちり結い上げた黒髪が特徴の秘書風美女、千鶴さんが私たちに気がつき招き入れてくれた。

「あのう……もしかしたらお邪魔かもしれないのですが、差し入れを持ってきました」

私たちが手鞠寿司の寿司桶をそろっと差し出すと、千鶴さんは眼鏡の端を光らせ、一つを手づかみでもぐもぐもぐ食べた。

インテリな見た目のイメージと違う、ワイルドな食べっぷりにこちとらびっくり。

「もぐもぐ。さすがは葵様、お帳場長に聞いていた通り、驚異の霊力回復率、通常のお寿司の五倍とは恐れ入ります。眠気も吹っ飛ぶ美味しさです。もっと私が食べたいところですが、これをここの従業員たちに一人一貫配りますと、仕事の効率もきっと五倍」

「…………」

「徹夜続きでしたがおかげさまで寝る時間が確保できそうです。皆の衆、一旦作業を止めて素早く集いなさい！」

教鞭のようなものを袖から取り出し、壁に打ち付けお帳場の面々を呼びつける千鶴さん。

何だろう。若干白夜さんに似ているが、ちょっと違う気もする……

しかしこの統率力は流石だ。あの白夜さんの補佐を担っているだけある。

一人一貫この手鞠寿司を配ると、誰もが一口で食べた先から再び仕事机に向かう。

「……仮眠室を強制的に使わせましょう」

「そ、そうね」

銀次さんは仮眠室を整え、お帳場の面々を順次休ませることにした。

ロビーにある受付台の奥の大きな職員室へと向かう。

フロントの従業員や下足番は皆そこにいたのだけど、

「大丈夫ですか、千秋さん！」

どうやらこちらでは問題が発生していた様子。

大きなソファに横たわり、青い顔をしてぐったりしている茶色の狸、もとい千秋さんの姿があり、暁や他の従業員が慌てて看病していた。私たちも駆け寄る。

「どうしたのですか、暁」

「ああっ、若旦那様！　千秋さんの体調が優れないみたいで。無理もありません、北の地と文門狸たちとの交渉ごとに追われ、なおかつ下足番長としての仕事も休まずこなしていたのですから。雑用係の子どもたちに悟られまいと、営業中は疲れを一つも見せずに……」

「なんてことでしょう。私も、一つも気がつかず……っ、すみません、千秋」

あの銀次さんですら気がつけなかったのだから、千秋さんは本当に、こうも体調を壊すまで、ずっといつもの笑顔で頑張っていたのだろう。

それを思うとなんだか泣ける。確かに、一番複雑な立場だったもの。

「心配はいらないっす、暁、若旦那様。ちょっと寝ればすぐに元気になるっすから」

ヨレヨレ狸はソファで起き上がろうとして、やはりよれっと転がって倒れる。

私は急いで、千秋さんの目の前に、手鞠寿司の寿司桶を持って行った。

「千秋さん、これ食べて。妖都の野菜は霊力がたっぷり含まれているし、私の料理は霊力回復率が上がるわ。少しは元気が出るはずよ」

「か、かたじけないっす……葵さん」

千秋さんは人参の手鞠寿司を選んで、それを一口齧った。

最初は弱々しかったが、徐々にパクパクっと勢いがつき、一つを平らげる。

するともう一つ、もう一つと、手鞠寿司に手が伸び、そのうちにボフンと音を立てて人の姿へと戻る。

「すすす、凄いっす！　体の奥から力がみなぎってきて、さっきまで頭痛腹痛吐き気肩こり腰痛に苛まれていたのに、すっかり元気っす!!」

「よかった〜、ああよかった〜」

つるんと顔色のいい千秋さんに、皆が涙を流しながらすがりつく。

千秋さん、愛されてるなあ……本当によかった。

「でもちゃんと休んでね、千秋さん。霊力が回復したと言っても、疲れが完全に取れたわけじゃないいから。体を休めることは必須よ」

「わかってるっすよ、葵さん。本当に、ありがとうございましたっす」

ソファの上で正座し、深々と頭を下げる千秋さん。八葉の出自なのに、本当に腰の低いひとだ。

「なんだこれは。葵の作った、野菜の手鞠寿司か……？」

暁が隣にやってきて、私の持つ寿司桶を覗き込む。

「暁。あんたもここ数日でかなりやつれたみたいだから、受付のみんなでこれ食べて」

「これ、お前が全部作ったのか？」

「私だけじゃないわよ。銀次さんも、チビもアイちゃんも手伝ってくれたし」

「…………」

暁は山芋の手鞠寿司を一口で食べながら、じっと私を見下ろす。

「お前も、頑張りすぎている感じがするな」

「え？」

「人間の体力は、あやかしの体力より劣る。あまり無茶はするなよ。お前なりにできることをやろうとしているのだろうが……まあ、寝るときは温かくして寝ろ」

「あはは、なにそれ。私、暁に気をつかわれてる？」

暁らしいといえば暁らしい、そっけない気遣い。

さりげなく私のことに気がつく。人間との生活が長かったのもあるし、妹さんがいたから、というのもあると思う。そして番頭気質も。

「わかってるわ。こんなところで倒れていられないもの」

それに、少しだけ、私にできることが見えてきた気がする。

腹が減っては軍はできぬ。

昔からそんなことわざがあるくらいだもの。

誰もがこの先に予感している、大きな天神屋の戦いに備え、力を蓄えなければならない。

一人であれこれから回るより、天神屋の皆の力を押し上げ、サポートする……そんなことが私にできるのなら、それもまた、重要な役割かもしれない。


カマイタチの子どもたちにも手鞠寿司を振舞いたかったが、彼らはこの時間、すでに勤務を終えて就寝中。ちゃんと眠れているといいな。

夕がおに戻ると、アイちゃんとチビが二人で後かたづけをしておいてくれた。

「わ、ありがとう！　助かるわー二人とも。もうあちこち回って、手鞠寿司を振舞って、でも自分たちは少ししか食べてないからお腹ペコペコ」

「葵さん、私もお腹が空きました」

銀次さんと二人並んで、お腹を鳴らす。

何か余り物ないかしら、と冷蔵庫を漁る。

でも具がなくなるまで手鞠寿司を作ったし、明日の営業の為に必要な野菜ばかりで、これ以上はもう使えないし……

「酢飯ならかなり余ってますよ。具は一つも残ってませんけど」

アイちゃんが酢飯の残った寿司桶を見せつけてくる。

「酢飯でおにぎりにしてもいいけど……あ！　でもちょっと待って！　まだわさびがある！」

誰もが「わさび？」と首を傾げる。

「わさび丼にするのよ！　すりおろした新鮮なわさび、銀次さんも堪能したいでしょう？」

「え、それっていったいどんなお料理なんですか……？」

銀次さんはわさび丼をイメージできずにいるけれど、私はさっそく用意を始めた。

「名前の通りよ」

作り方なんてあってないようなもの。

丼に酢飯を入れ、上に鰹節、そしてすりおろしたばかりのわさびを山にしてのっけて、お好みで刻みネギや刻みミョウガを散らし、あとはもう……

「お醤油まわしかけて、わさびを混ぜながら食べるだけ、よ」

温かい普通のご飯でも美味しいけれど、酢飯もおすすめ。

なんていったって酢飯とわさび、お醤油って、お寿司に欠かせない最高の三人組。

これといった具がなくても、わさびがこれだけ新鮮であれば、もうそれだけで十分美味しいの。

海苔が余っていたので、アイちゃんがそれを炙ってくれた。これでわさび手巻き寿司にしても良い。

「うう……贅沢ですねえ、これ。わさびをこんな風に味わえるなんて、ああ、美味しい」

「銀次さん、本当にわさびが好きなのねえ」

お酒が好きな人って、わさび好きの割合が高い気がする。

おじいちゃんもそうだったわ。

わさびの塊を食べてしまったのか、鼻にくるつーんとした痛みに悶える銀次さんの姿は、ちょっと可愛い。私はお水を手渡す。

「はあ、目が覚めました。……今日はまだまだ働けそうです」

水を飲み干し、目をぱちくりとさせ、虚空を見つめる銀次さん。

「だ、ダメよ銀次さん。これ食べたらしっかり休まないと！」

「そういうわけにはいきません。大旦那様も、夜遅くまで執務室で雑務をこなしていました。あの方は忙しくともそれを表に出さず、いつもどっしりと構え、常にこのお宿の中心に据えられた大黒柱でありました」

そして銀次さんは苦笑し、眉根を寄せて視線を落とす。

「大旦那様の代理を数日務めただけで、あの方が背負っていたものの重みを、私は思い知ったのです。私ではとても、大旦那様のようになれるとは思えません。しかし、できることは全部、やってしまわなければ……」

銀次さんは、自分は大旦那様のようにはなれないと、彼らしくない弱音を吐いたが、それでも顔をあげて前を見据える。

私は銀次さんの背をポンと手のひらで叩く。

「……銀次さんは、確かに大旦那様とはタイプが違うと思うけれど、でも……天神屋の皆の為にあちこち動き回る、そういう大黒柱もいいじゃない。私、最近、銀次さんの背中がとても大きく見える時があるの。いつも以上に、頼もしいなって」

「葵さん……？」

「私も今日、久しぶりに天神屋を回って、みんなの姿を見て、たくさんやる気をもらったわ。本当はね、天神屋を離れて、妖都へ行って、事情を知れば知るほど、自分にできることなんてないんじゃないかって思っていたの。だけど、やっと見えてきた。私にはどうしたってできないことがあるんだって、それをまず認めること」

大きな役目を担い、自分が、何か結果を出さなければと、焦っていた。

だけど違う。雷獣も言っていた。今回は、料理でどうこうできる話ではない、と。

当然だ。まずはそこを認めて、だからこそ自分のお料理でできることをやる。

そう。天神屋の皆を元気づけ、後押しする。そんな役目。

「だから銀次さんも、疲れたら遠慮なく私に言って。私、頑張って元気の出る美味しいお料理を作るからね」

「葵さん……」

銀次さんは、隣で少し驚いた顔をして、私の顔を見つめる。

私はなんだか気恥ずかしく、もじもじとしてしまう。これはこれで、大それたことを言ったのではないかと思って。

「葵さんのお料理は、いつも皆を励ましていますよ。きっと、これからも各々の決断が、のちの大勢を左右する……。そんな時、葵さんの〝あやかしの心を暴く〟ご飯が、天神屋の皆の背を押すものであったらと、確かに私は思うのです。もちろん私も。私も葵さんの料理に、何度も導かれてきました」

銀次さんは何かを思い出したようにクスッと笑い、ぼんやりと目の前の湯呑みを見つめている。

「これからも、ええ……疲れていても、家に帰った時にあなたの笑顔と、あなたのお料理があれば、きっとなんだって頑張れるだろうと……」

そこまで言って、銀次さんはハッと口元を押さえた。

そして顔を真っ赤にして「いや、これは」と、しどろもどろになり、やがてカウンターに額をガツンと打ち付けた。あまりに彼らしくない行動で、私はびっくり。

「ど、どうしたの銀次さん⁉　おでこ割れちゃうわよ‼」

「いえ、あのですね葵さん、その、家、というのは、その……っ」

目をぐるぐるとさせる銀次さん。

私は銀次さんが恥ずかしがっている理由にピンとくる。

「ええ、わかってるわよ。夕がおのことでしょう？　銀次さん、夕がおを我が家と思ってくれているのよね。嬉しいわ、私にとっても、ここは帰るべき場所、帰るべきお家だもの！　何も恥ずかしいことじゃないわよ」

「………」

あれ、銀次さんの顔色がみるみる白くなっていく。狐耳もぺたんと垂れ下がる。

そして、

「銀次さん、銀次さん……？　銀次さん、大丈夫っ⁉」

銀次さんがカウンターに突っ伏したまま、寝てしまった。

アイちゃんが「あらら、ご愁傷様……」と、チビが「狐しゃん爆死しちゃったでしゅ～」と。いやいや、死んでないから。

それにしても、さっきは変な銀次さんだった。

涼しい顔をしていたが疲れが溜まっていたに違いない。

最近あまり寝れてなかったみたいだから、今はこのまま、少し眠ってもらいましょう。

銀次さんが倒れちゃったら、それこそ天神屋は大混乱だからね。銀次さんの力って、きっと本人が思っている以上に、とても大きなものだと思うのよ。

アイちゃんと一緒に、お座敷に銀次さんを運び、お布団を持ってきてかける。

「さあて……私も明日の朝一で作るマカロンのために、下ごしらえだけしてしまいますか」

「えーっ、葵さままだ何かやるんですか⁉」

「仕方がないでしょうアイちゃん。アーモンドパウダーは乾燥させるのに一晩かかるもの。今日中に作ってしまわなくちゃ」

私はというと、すっかり皆に触発されてしまっている。

アイちゃんにドン引きされながらも、まだまだやりたいことがあると、体がうずうずする。

この日はちょっと、夜更かししてしまったわね。

幕間【一】夜明けの銀次

『疲れていても、家に帰った時にあなたの笑顔と、あなたのお料理があれば、きっとなんだって頑張れるだろうと……』


そう。我ながらやはり、疲れていたのだ。

しかしあやかしの心を暴く葵さんの料理の威力は、いつもながら凄いもので……

ああ、情けない。

あのようなことを口走ってしまうとは。

「…………」

明け方に目を覚ました時、身体中の疲れはすっかり消えて、冬の寒さも相まって心地がよかった。

しかし起き上がって背伸びをして、ハッと気がついた。

ここは夕がおのお座敷。私はみるみる青ざめる。

「わ、私としたことが……結局あのまま、眠ってしまったのですか」

自分の情けなさにとほほと耳が垂れる。顔を手のひらで覆って、諸々の感情に打ちひしがれる。

天神屋の皆の前では、良き若旦那であろうとずっと気を張っているが、葵さんの前では少しだけ自分の弱いところや、素直な気持ちを出せるようになってきた。

それはきっと、共に夕がおを営み、一緒に料理を作ったり、食べたり、話をしたりする中で、すっかり彼女に心を許してしまっているからだ。

夕がおは、いつしか私にとっても、癒しの場となっていた。

だからと言って、こんな場所で寝てしまうのは、本当にどうかと思う。

葵さんも、きっと私に呆れてしまっただろうな。

「……ん？　あれ、葵さん？」

暗がりで気がつかなかったが、カウンターに突っ伏して寝ている人影がある。

葵さんだ。葵さんが夕がおの着物に厚手の半纏を纏い、しかしいつも結い上げている髪を解いた姿で、カウンターにうつ伏せになって寝ている。

私は慌てて、座敷から出て葵さんに駆け寄る。

「葵さん、こんな場所で寝ていては風邪を引きます……よ……」

しかし、彼女の肩を揺すろうとして、はたと手を止めた。

うつぶせになって寝ていた彼女の手には、紅結晶の、椿の簪が。

葵さんがこの天神屋に来たばかりのころ、大旦那様が彼女に贈ったものだ。その花はすでに蕾と言えるものではなく、若い花を咲かせている。

きっと、眠りにつく寸前まで、この花を見つめていたのだろう。

「……大旦那……さま……」

「………」

そうか。葵さんはすでに、大旦那様を……

彼女の寝言に、小さな笑みが自然と溢れ、やがてそれが、落ちて消えた。

以前までそれは、葵さんにとって勝手に決められた婚姻の約束ではあった。だがすでに、葵さんは大旦那様の許嫁。

彼女の中には芽生えつつある感情がある。

葵さんがそれを自覚し、受け入れた時、きっと私の役目が終わる。

この場所に小料理屋を開き、葵さんと共に夕がおという店を手探りで営業してきた。

まだまだ若いお店だ。葵さんはこの店を帰るべき場所と言ってくれたし、きっと彼女は、たとえ嫁入りしたとして、夕がおを大事に営み、繁盛させてくれるだろう。

だけど、私と葵さんの関係は、おそらくそれを境に変わってしまう。

気楽に語り、触れ合うことなど、きっと私がしなくなる。遠ざかっていく……

「葵さん。……寝床で寝ましょう。しっかり休んでください。大事な、お体ですよ」

私は葵さんを抱え、彼女の寝床へと連れて行く。

アイさんが敷きっぱなしにしていたお布団に横たえ、毛布と掛け布団を首までかけた。

この部屋は、ふよふよと浮いている鬼火のアイさんがいるので暖かい。よかった。

「おやすみなさい、葵さん」

「んー……銀次さん、おやすみ～……」

「………」

葵さんは寝返りを打ちながら、むにゃむにゃとまた寝言を言った。

そんな彼女の、目にかかる前髪を払おうとして、やはりやめる。自分の手をじっと見つめて、静かに立ち上がる。

そして、私は夕がおを足早に出た。

夜明けの空を見上げ、うっすらと残る月を見つける。

今こそ、隠世(かくりよ)で最も静寂な時間帯。肌寒さに身を委(ゆだ)ね、胸の奥にある熱を冷ます。

冷たい息を吐きながら、私はふと、兄の乱丸(らんまる)に言われた言葉を思い出していた。

『あの女に惚(ほ)れたって……この先辛(つら)いのはお前だぞ』

第六話　冬空のスープ

翌日、私は早朝に目を覚ました。

「あれ、私……お布団で寝たっけ？」

枕元には、椿の簪が置かれている。

しかし就寝の記憶が曖昧だ。この簪をぼんやりと見つめていたところまでは覚えているんだけど。

お店の方へ出ると銀次さんはすでにおらず、お布団も綺麗に畳んで押入れに仕舞われていた。銀次さん、いったいいつ起きて、夕がおを出て行ったんだろう。

「のんびりしちゃいられないわ。今日はやらなきゃいけないことがたくさんあるもの」

最近は優秀なアイちゃんのおかげで作業の速さも二倍になったので、昨日のうちに夜ダカ号営業のための下準備はある程度終わっているのだけれど、今日は朝からお菓子作りに励む予定だ。

そう。竹千代様との約束の、マカロン。

「マカロン、見た目が可愛いから、現世じゃあ若い女の子たちに大人気だったわ」

お菓子として食べても美味しいが、その見た目の愛らしさ、華やかさから、グッズのモチーフにされていることも度々あった。そんなマカロン。

どうして隠世のあやかしがマカロンなんて知っていて、おじいちゃんをモデルにした絵本に出したのかは分からないが、昔のおやつがきびだんごなら、今はマカロン、ってところなのかしら。まっころん、って子どもが好きそうな名前だしね。

一粒がとっても軽くて、サクサクしっとり、シュワっと甘く儚い。

そんな不思議な食感と、魅惑の甘さを閉じ込めた丸いお菓子。

昨晩、就寝前に諸々の下準備は済ませておいた。

アーモンドを茹で、一つ一つの皮を剥いて金魚鉢ミキサーで粉末状にして、広げて乾燥させておいたものも、ちゃんとサラサラになっている。

このアーモンドパウダーさえあれば、マカロンは案外、とても簡単に作ることができる。

材料は主に、卵白、粉砂糖、そしてこのアーモンドパウダー。

今回挟み込むクリームは、小豆の餡バタークリームにしてみる予定だ。

バタークリームは、昨晩のうちに作って冷やしている。

つぶあんとバター、卵白で作ったメレンゲを馴染むまで混ぜ合わせ、アクセントにひとつまみのお塩を混ぜたもの。

小豆の餡子の甘さと、バターと塩が交われば、甘じょっぱさが癖になる〝和クリーム〟

になる。カロリーにはお気をつけて。

「さてと。じゃあ、マカロンの生地を焼きますか」

普通、マカロンといえば色とりどりのイメージだが、シローのぼうけんの絵本に描かれていた〝まっころん〟は真っ白の丸い何かだった。だから私は竹千代様のイメージに合うよう、雪のように白い、無着色のマカロンを作ろうと思う。

まず卵白と粉砂糖を混ぜ合わせ、メレンゲを作る。

ボールに卵白を入れ、コシを切るように泡立て、粉砂糖を加えながら、さらにしっかりと混ぜる。すると徐々に角が立ってくる。またしっかりと混ぜ、この白い泡に固さと艶が出てきたら、今度はアーモンドパウダーをふるって混ぜ、隠世の絞り袋にそのメレンゲを入れ、それを三センチほどの大きさを目指して丸く絞り出し、しばらく放置。

ここでしっかりと乾燥させるのが、マカロン成功のコツだ。

乾燥させている間に、朝ごはんをちゃちゃっと準備する。

ご飯を炊く準備をして、とっていたあごだしで冬野菜の味噌汁を作り、ひじきと大豆と厚揚げの煮物を用意した。

「そろそろいいかしら、メレンゲ」

メレンゲが乾燥したら、石窯でじっくり低温で焼き上げ……

焼きあがったものの粗熱が取れたら、平らな部分を向かい合わせ、そこに小豆の餡バタークリームを挟んで……と。

　もうお料理というか、工作に近いことをひたすらやっていた時、「おはようございます～」と眷属のアイちゃんが目を擦りながら起きてきた。

「ふああ。葵さま朝から細々したもの並べて、何やってんですか～。昨晩も細々した手鞠寿司作ったばかりじゃないですかー」

「あ、アイちゃん、朝ごはんはできているから、ちゃちゃっと食べちゃって～」

「ふああ。葵さまって本当にお料理好きですよね～」

　アイちゃんは炊きたての白飯と冬野菜の味噌汁をよそい、ひじきの煮物が入った小鉢も持ってカウンターでもそもそと食べ始める。

　それだけでは足りないでしょうから、ちゃちゃっと砂糖多めの甘い玉子焼きを作って出した。アイちゃんはこれが大好き。

　寝ている間は、いつも枕元に置いている私のペンダントに宿っているか、鬼火になってふよふよ浮いているかだが、起きると勝手に人型になり、最近はこのように朝ごはんも食べる。

「葵しゃーん、僕も朝ごはん食べるでしゅ……」

「あらチビ、おはよう」

　少し開いた襖の隙間からじっとこちらの様子をうかがっているチビ。

私はそんなチビの甲羅をつまみ上げ、カウンターの上に乗っける。

チビには専用の小さなおにぎりを用意してあげた。

私がちょっと庭に出ようとすると、チビが慌てておにぎりを頬袋に二つ詰めて、私に飛びつく。

「わっ、あんた、ほっぺぱんぱんじゃない。ハムスターみたいになってるわよ」

「あー、僕もついて行くでしゅ～」

「天神屋から出て行くわけじゃないのに……全く」

置いていかれるのが嫌で、愛らしさを前面に押し出しだだをこねるチビ。

いつもは勝手にいなくなるくせに、勝手な奴め。しかし確かに可愛らしいので、ハムスターみたいなパンパンの頬袋をつつく。

アイちゃんはというと、朝ごはんを食べながら今日の妖都新聞に目を通している。

アイちゃんってば子どもみたいに無邪気な時もあれば、勤勉な面もある。新聞を読むことで、たくさんの知識を蓄え、自我を養っているみたい。おかげで教えたこともすぐ覚えるし、言われなくても先読みして何か作業をしていることもあるし、本当に立派。

「チビなんて、いつまでたっても赤ちゃんなのにねえ～」

「あー？ なんでしゅかー？」

あ。作務衣姿のカマイタチの子どもたちが、庭の掃除をしている。

やっぱり皆、どこか元気がなく表情は曇りがち。適当に草をぶちぶちむしっていたり、庭掃除をやらずにぼんやりと池の鯉を見つめている子もいる。

いつもなら、夕がおから甘いお菓子の焼ける匂いがするだけで、風のように飛んでやってくるのにね。

「みんなー、おはよう」

声をかけると、誰もが顔を上げ、ぺこりと挨拶(あいさつ)をする。

顔を上げてやっと、夕がおからいい匂いが漂っていることに気がついたのか、鼻をひくひくさせている子もいる。私はそんな子どもたちを、こっちにおいでと呼んだ。

「ねえみんな、〝おかしなおかし〟食べない？」

「おかしなおかし……」

「でござるか？」

カマイタチの子どもたちが、顔を見合わせ、首をかしげる。

だけど一番小さな女の子だけが「あっ！」と声を上げて、手のひらを合わせる。

「シローのぼうけん！」

「そう、当たり。シローのぼうけんに出てくるお菓子を作ってみたから、みんなにあげる。一粒食べるだけで、とっても元気が出るのよ」

私は籠(かご)いっぱいにマカロンを持ってきて、一つ一つを皆に配った。

誰もが最初は不思議な顔をして、じっと見つめたり匂いを嗅いだり。マカロンの弾力を確かめていて、真ん中をペシャッと潰してしまった子もいた。

「優しく齧ってみて。結構繊細なお菓子なのよ」

謎のお菓子を、恐る恐る口へ運ぶカマイタチの子どもたち。

しかし一口齧って、その面白い食感と味に目の色を変える。嚙めば嚙むほど、バタークリームのまったりなめらかな味わいが、ふわふわとシュワシュワの中間の食感を持つメレンゲの生地に染み渡り、甘みとちょっとした塩気が口中に広がる。最後に鼻を抜けていくのは、ほのかな餡子の香りだ。

塩とスイカ、塩キャラメルなど、塩味を加えた甘いものって、なぜだか美味しい。より甘さが際立つ気がする。これも、塩気のあるバターと甘い餡子のマリアージュ。

「美味しい、美味しい！」

「おかしなおかし、だ！」

子どもたちは目を輝かせて大はしゃぎ。初めて食べた面白いお菓子に、興奮している。

もう一個ちょうだいと、私にすがって手を伸ばす。

「ちょっと待って、まだあるから……っ」

そうそう。この感じこの感じ。

私に群がって、何かちょうだいと元気よくおねだりするのが、カマイタチの子どもたち。

まだまだ寂しい気持ちを忘れられないだろうし、時に不安を思い出す事もあるだろうけれど、そういう時こそ甘いお菓子を食べて、ちょっとでも元気になってほしい。
天神屋の皆を励まし、守るという事も、大旦那様の帰るべき天神屋を守る事に繋がっているのだと思うから。

その日の夜、予定通り私は星華丸に乗っていた。
夕がお宙船出張店〝夜ダカ号〟は、選べるスープ屋さんとしてご覧の通りのメニューをご案内している。

《スープ》
・赤カブと極赤牛の本格ボルシチ（サワークリームのせ。夜ダカのイチオシ）
・角切りベーコンのカレーコンソメスープ（中辛口。秘伝のスパイス）
・妖都野菜と里芋たっぷり豚汁（王道のあやかしスープ。岩豚使用）
・手作り鶏団子と春雨の中華スープ（鶏ガラスープ効いてます）

《ごはん類》

・お米とチーズ入りピロシキ
・天神屋の温泉卵入りカレーパン
・雑穀ごはん
・海苔巻きおにぎり（鮭、おかか、野沢菜）
・バタートースト

このように、数種のスープと、ごはん類を揃え、好きな組み合わせでスープとごはんを選ぶことができる。

ピロシキやカレーパンは単品でも購入可能だ。両方とも揚げたて熱々。

「よっ。嬢ちゃん、久しぶり」

星華丸がちょうど妖都の空に止まり、あちこちから外部の客が訪れていた賑やかな時間帯のことだ。珍しい、天狗のお客がやってきた。

「葉鳥さん！　いったいどうしたの、こんなところで」

葉鳥さんは南の地の宿、折尾屋の番頭だ。

冬毛の黒い翼はいつもながら艶やかに手入れされていて、洒落た羽織によく映える。なぜか得意げな顔をして、彼は人差し指を立てた。

「ふふん、お嬢ちゃん、実はもう俺、番頭じゃないんだぞ」

「今の俺は折尾屋の旦那頭代理。営業が下手くそな乱丸の代わりにあちこち顔を出したり、南の地の特産物を営業して売りつけまくったりするのが俺の仕事だ」

「え、そうなの？」

「わあ……得意そうね」

宿のフロントに立ち、宿の看板番頭として親しまれている葉鳥さんも彼らしかったが、一つのところに止まれない一面もあるし、隠世中を駆け巡る役割も彼らしい。

「もしかして、夜行会の準備をしにきたの？」

「そうだ。乱丸はまだ動けないから、俺が先回りして妖都へと来たんだ。ま、俺はこれで歴史ある朱門山のご隠居の息子だし、立場的にもこっちの輩と渡り合えるからな」

「ふふ。葉鳥さん、破門も解かれたしね」

「ああ、嬢ちゃんのおかげでなー」

葉鳥さんはワゴンのカウンターに肘をついて、ニッと笑った。

「しかし……天神屋は今、色々と大変そうだな」

「葉鳥さんも、やっぱり知ってるのね」

「勿論。銀次の方から内々に相談に来たのもあるが、俺たちも独自の情報網を持っているからな。ま、俺は少なからず大旦那の事情は察していたさ。付き合いも長いしな」

葉鳥さんも彼なりに、大旦那様を心配しているように見える。

彼にしては少し、複雑な表情だった。

「しかしまあ、雷獣の奴め。つくづく困ったちゃんだな。俺たち折尾屋への嫌がらせも大概だったが、今度は天神屋をめちゃくちゃにしようってか」

「…………」

私が視線を下げ、不安を隠しきれずにいると、葉鳥さんはそれに気がつき陽気な声で話題を変えた。

「さーてと。俺も今日はあちこちで頭下げまくって、心身ともにヘロヘロだ。嬢ちゃん、何か食わせてくれよ」

「あ、えっと……今日はスープばかりなの。四種類のスープから一つを選んで」

「んー、どれがオススメなんだ？」

「一番のオススメは、やっぱりボルシチかしらね。真っ赤なスープが特徴的な、酸味とコクのある、野菜の煮込み料理よ。現世では寒い地域の東欧料理として有名ね」

「じゃあそれで。血の色みたいで、飲んだら元気が出そうだ。あやかしは好きだよ～そういうの」

「ふふ。相変わらず調子がいいわね」

じゃがいもや人参、キャベツや玉ねぎなどの野菜をたっぷり使って、南の地の特産極赤牛の薄切りを炒め、トマト、赤カブと共にグツグツ煮込んで作る、真っ赤なボルシチ。

スープの上にはサワークリームと刻みパセリをのせて。とろりと溶け込んだ素材の旨みの中、口の中でふわりと広がる酸味が癖になる仕上がりだ。

ボルシチは、同じく東欧料理として有名なピロシキと食べる組み合わせがベスト。

北の地の乳製品であるチーズをたっぷり包んであるので、かじると塩気の効いたフレッシュチーズがとろーりと溢れる。ピロシキの具は、ひき肉とお米を塩分控えめで味付けをして、あっさり食べられるようにしている。

チーズの風味を引き立て、なおかつボルシチと一緒に食べてもくどくないように。お米も入っているので、隠世のあやかしたちにも馴染みやすく仕上げている。

「おお、この揚げ饅頭みたいなの美味いな。あちちっ」

揚げたてなので外側カリカリで、中から肉汁ととろけたチーズが溢れ出すピロシキ。

葉鳥さんは気に入ってくれたみたい。ただ熱々なので火傷に注意。

「赤い汁物にも、うちの極赤牛がちゃんと入ってるな」

「勿論。折尾屋からはたっぷりお肉を貰っているからね」

「はは。やっぱり嬢ちゃんに協力を申し込んで良かった。地元でもあれこれ名産物や名物料理を生み出しているが、いかんせん影響力が違うからなあ」

「タダで使わせてもらう間は、ちゃんと私もお料理で営業するわよ」

「はは〜、これからもどうぞご贔屓に〜」

葉鳥さんはおどけた調子で、ここぞとごますりをする。こういうところが、なんというか葉鳥さんらしくて笑ってしまった。

「ところで嬢ちゃん、ここだけの話なんだけど……」

葉鳥さんが急に真面目な顔をして、周囲に視線を配り、警戒しながら私を呼び寄せ、耳元で囁く。

「南東の八葉、大湖串製菓のザクロには気をつけろ。奴は絶対に、天神屋の味方はしてくれない」

「……え？」

大湖串製菓のザクロ？

前に一度、八百屋から空中大通りを進む宙船の上の、その人を見た。

小豆洗いの、一流和菓子職人と聞く。

「今はもう、それを知る者もほとんどいないが、ザクロは以前、天神屋で働いていたんだ」

「え……八葉なのに？」

「八葉になる前の話だ。あいつは大湖串製菓の跡取りとして宮廷菓子職人をしていたが、その地位を一度捨て、天神屋の中庭で、茶屋を営んでいた」

「……天神屋の、中庭で？」

その話を聞いて、ドキッとした。

私が隠世の天神屋へと来たばかりの頃、天神屋の中庭で、あの茅葺屋根の家を見つけて、そこで銀次さんと出会った。

そうだ。銀次さんは言っていた。最初そこは〝茶屋〟だった、と。

「ザクロは天神屋創設の初期メンバーの一人だった。和菓子職人としての腕は確かだったが、格式張った大湖串製菓の和菓子に飽き飽きしていたのもあり、自分流の菓子を生み出し、天神屋に泊まる客に振舞っていた。ザクロの生み出す菓子は、食べた者に幸せな夢を見せるほど魅惑の味で、その茶屋は初期の天神屋を支える一つの売りとなっていた」

「………………」

「特に、小豆の餡子を使った菓子が得意でな。小豆菓子が好きな黄金童子様にもいたく気に入られていて、一時期は大旦那の婚約者、のちの天神屋の大女将とまで、噂されていた。ま、大旦那やザクロにその気があったのかどうかは知らないがな」

「そう……なんだ」

なぜだろう。胸が小さな波を立て、それがじわりじわりと大きくなっていく。

一度見ただけだが、あの綺麗な人が、かつて私の夕がおで茶屋を開いていて、大旦那様の婚約者と呼ばれていた、なんて。

そうだ。大旦那様は前に、自分の好物を一人の女性にしか言ったことがないと言っていた。それはもしかして、ザクロさんなのでは……

「しかし、ザクロは天神屋を出て行った。自分の理想の菓子を、その可能性を追求するため、天神屋を出ていったんだ。だけどなぜか、あいつは再び宮中のお抱え和菓子職人となり、いつのまにか八葉の座にまで上り詰めていた。最初からそのつもりだったのかは知らないし、大旦那も特に咎めたりせず、静かに見守っていたが……」

あいつは、去る者追わず、だからなあと、葉鳥さんは少し寂しげに笑う。

葉鳥さん自身も、天神屋を出て行った身だからだ。

「俺が言えた義理じゃないが、ザクロは天神屋を出て行って、変わってしまった。昔はな、地位や名誉を嫌う、気さくで素朴な、気立ての良い女だったんだよ。あいつの作る和菓子は型破りだったが、面白みがあり優しい味をしていた。だが宮中のお抱え和菓子職人になってから、ザクロの作る和菓子は、基本に忠実な、伝統を重んじる堅苦しいものに変わってしまっていた。それは悪いことではないのだろうが、あいつの主義とは随分とかけ離れたもんだからな。いったい何があったのか……」

それは、私も同じ料理人として気になる。

いったいどんな心境の変化があり、そうなったのだろう。

「それとな、ザクロはあんなにも天神屋を愛し支えてきたというのに、八葉となってからは天神屋を軽蔑し、敵視するようになった。それは大湖串製菓の、小豆洗いとしての立場を振舞っているだけなのかもしれないが」

「小豆洗いは、大旦那様が鬼であるせいで、天神屋とは商売をしないと聞いたわ。和菓子屋と宿屋なら、本来そんなにライバル意識が高まる相手ではないのに。天神屋と折尾屋じゃあるまいし」

「まあ、な。だけど八葉の勢力図ってのは、何も表向きの商売だけが関係してくる訳じゃない。やはり、大旦那が〝鬼〟というだけで軽蔑されたり、見下されたりすることもある」

「鬼は……やっぱり、悪いあやかしと思われがちなのね」

「鬼は長い歴史の中でも、数多くのあやかしを喰ってきたからな。鬼に喰われたら、魂すら残らず喰い尽くされると言われている。隠世には小鬼レベルならたくさんいるんだが、大旦那級の鬼は数えるほどしかいないから、実際のところはよくわからないが。今でこそ隠世は中央の法によって管理されているが、かつては鬼が悪さをして、あやかしたちを喰っていたと聞いたことがある。小豆洗いはずっと昔に、随分と被害を受けていた一族らしくてな。一族的に、根深い恨みがあるのさ」

あやかしを喰らう、あやかし。

おそらくそれが、〝邪鬼〟なのだろう。

邪鬼は、一度偉大な妖王を殺してしまったせいで、歴代の妖王が徹底して封印をしたと、わかる。

ならばやはり、サスケ君があの時、南東の八葉である大湖串製菓の船を警戒した理由も話が繋がってくる部分もある。

白夜さんが言っていた。葉鳥さんはそのことは詳しく知らないみたいだが、今の私には、

大旦那様を助けるためという理由では、きっと味方にならない。

そんな風に考えたのだろう。

「おおっと、俺、そろそろいかねーと。嬢ちゃん、飯ありがとうな。これですっかり元気だ。嬢ちゃんの飯は、やっぱりすげーな」

「……ありがとう、葉鳥さん」

私はいったいどんな顔をしていたのだろう。

葉鳥さんは少々驚いたように目をぱちくりとさせ、「そんな顔をするなって」と、カウンターの内側の私を励ます。

「大旦那や天神屋が心配なのはわかるが、葵ちゃんにそういう顔は似合わない」

「……葉鳥さん？」

「天神屋には味方だってたくさんいる。天神屋に救われた者たちは多いぞ。折尾屋だって、前の借りはきっちり返すつもりだ」

「借り？」

「そう。借りだ。その借りは、嬢ちゃんが作らせたものなんだぞ」

葉鳥さんは悪戯っぽくウインクしてみせる。

そして洒落た首巻きを肩にかけ直すと、「ごちそーさん」と言ってカウンターにお代を置き、もう颯爽と去ってしまった。

相変わらず、自由と笑顔の似合う人だ。

折尾屋が味方でいてくれるということなら、頼もしい限りなのだが……

「葵ー、何かちょうだい」

「あ、お涼」

お腹を空かせてへろへろになったお涼が、休憩時間なのか羽織を着込み、財布を片手に夜ダカ号へとご飯を食べに来た。

「今日は忙しい？　お涼」

「まあねえ、宴会ばっかりだし。これきっと天神屋本館の方が、宴会少なくて暇してるわよ。あーあー、だから嫌だったのよ！　面倒なところを押し付けられたわ！」

「でもほら、妖都のセレブに会える機会もあるんじゃない？　言ってたじゃないお涼。そこで良いひととゲットして玉の輿に乗るって」

「は〜。それなんだけどねえ、なんていうかー、妖都の貴族様たちは私たち地方のあやかしを結局見下してるっていうかー」

「何よ。嫌なことでも言われたの？」

「はん。別にいいんだけどね。でも貴族様から見たら、八葉って言っても所詮地方の田舎者っていうか。猿山の大将でしかないんだわって」

へえ。猿山の大将って言われたんだ。

それは確かに馬鹿にされている感じがして、腹が立つ。

「特に貴族の性悪女どもの、私を見る目ときたら！　せかせか働く私たちに、あれこれ好き勝手言いつけやがって〜〜っ！」

「ちょっと、カウンターを叩きつけるのはやめて。鬱憤はお腹を満たして発散しなさいよ。今日は温かいスープだもの。どれがいい？」

「がっつりしていて、鬱憤晴らせそうなの」

「それならやっぱり、カレーコンソメスープかしら。スパイスはストレス発散に効果的だっていうし、角切りの炙りベーコンがたっぷり入ってるし」

「へえ、カレー。いつもあんたが作る、普通のカレーとは違うの？」

「そうね、もう少しさらっとしてるわ。カレーっていうより、ポトフのカレー味ってところかしら。今日のカレースープはキャベツと、大きめに切った人参と、じゃがいももまるごとごろっと入ってるから、食べ応えは一番あるわよ。あと天神屋の温泉卵もトッピングできるわ」

「じゃあそれで」

「ご飯類は……トーストも相性良いけど、お涼はお米大好きだから、やっぱりおにぎり？雑穀ごはんもいいけどね。スープに混ぜて、スープごはんにするの」

「何それ美味しそう。あ、カレーの匂い……これほんと空腹に響くわよね」

お涼のお腹がぐーぐー言い出したので、私はさっそく、カレースープごはんをカップの器に盛りつける。

カップは通常より少し大きめのを使用し、下に雑穀ごはんを敷いたあと、野菜たっぷりのカレースープをかけて、上に茹でたブロッコリーと半分に切った温泉卵をポンとトッピング。

「はい。これ、匙でごはんとスープを混ぜながら食べるのよ。熱いから気をつけてね」

「やったー。いただきまーす」

お涼はカウンターの脇でさっそく食べ始めた。まずは手作りコンソメベースのカレースープを啜る。

芯までやわらかく煮込まれたとろとろキャベツと、まるごと一つ入ったほくほくじゃがいもは、冬の定番野菜。

手作りベーコンを食べ応えのある角切りにして一度炙り、たっぷり入れているのもこのスープの特徴だ。

これらが雑穀ごはんに絡むと、絶妙な旨みとなる。

普段のカレーとはまた少し違う、さらりとした中にあるしっかりしたカレー風味に、お涼も満足そうだった。

「ぷはー、食べた食べた、ごちそうさまー。確かにいつものカレーとは違うわね。でもこれも好きだわ、私」

「お口に合ったようでよかったわ」

お涼は口元を手巾で拭きつつ、こんな話をする。

「はあ。この寒い中、お外であったかいもの食べてると、年末天神屋で振舞われるおでんを思い出すわねえ」

「え、なにそれ？」

私がきょとんとしていると、お涼が「ああ」と気がつく。

「そういや、葵はまだ天神屋で年越ししたことないのよね。天神屋は、お宿にしちゃ珍しいんだけど年末年始は従業員の誰もが家族と過ごせるように、営業をしていないの。大旦那様が決めたことらしいわ。それで、営業を終える年の締めに、皆で大掃除をするんだけど、その時に厨房のだるまたちがおでんを大量に作って、中庭で振舞ってくれるの。これ、毎年の行事なのよね。だけど、今年は……おでんはなしでしょうね」

それどころじゃないし、とお涼は付け加え、ため息をついた。

「はあ。またひと頑張りしましょうか。嫌味な連中の相手も、美味しいごはんさえあれば乗り切れるわねえ。ああでもやだわあ、鬱憤を晴らすのが食べることだけだなんて。太っちゃうわあ」

なんてぶつぶつ言いながら、上機嫌で船内へと帰っていくお涼。

冬の寒さのせいだろうか、今日のスープ屋は、なかなか好評だった。温かい汁を飲むと体もぽかぽかになるし、野菜もたっぷりで食材から元気をもらえる。

時々天神屋の従業員たちが食べに来てくれたのも嬉しかった。

その日の営業を終えた後、私はスープの余りを一食分ずつカップに詰めて、それを天神屋本館で働いている皆へのお土産にと、アイちゃんに頼む。

今は夕がおが営業していなくて、暁なんかが営業後の夕飯に困っていると言っていたからね。

サスケ君が、妖都へと降りる準備を整え、私を待っていた。

「今度こそは僕を連れてくでしゅ〜」

「わかった、わかったってチビ。全く、さっきまでワゴン車の助手席で巣を作って寝てたくせに」

「葵さまー、私はまた気ままな自由を謳歌しますね。しばらく夕がおが私の巣です」

「はいはい。アイちゃんはぜひとも夕がおを守ってちょうだい。天神屋のみんなとも仲良くね。……全く、眷属でもこんなに性格の違いが出るものなのね」

私はチビを連れ、再びサスケ君とともに小型の宙船で妖都へと降りる。

こっそりと、今朝早起きして作ったマカロンを、竹千代様へのお土産にと抱えて。


縫ノ陰邸に降り立つと、静かな縫ノ陰邸の空気が、なんだかいつもと違う気がした。

サスケ君は敏感にその空気に気がつき、私を背後に周囲を警戒する。

「葵さん……っ！」

律子さんが縁側から降り、私たちに駆け寄ってきた。

「律子さん、いったいどうしたんですか？　なんだか、空気が少しおかしい気が……」

「葵さん。竹千代様が連れて行かれてしまいました」

「えっ⁉　い、いったい誰にですか？」

「王宮の将軍の一人である、赤熊です。嫌がる竹千代様を連れて行ったのです」

そのような話を聞いても、事情が一向に見えてこない。

抱えていたお土産のマカロンの包みを、ぎゅっと胸に抱く。

「なぜ。いったいなぜそんなことに……」

「分かりません。妖王様が連れ戻すように命じられたみたいなのですが、その真意もわからず仕舞いです。妖王の命で、竹千代様は一方的にここへ預けられたというのに」

「そんな……勝手すぎるわ」

せっかく竹千代様の心も開け、一緒にご飯を食べたり、共に笑ったりして過ごすことができるようになったのに。本人の意思を無視し、大人の都合で預けられたり戻されたり、そんなの、やっぱり勝手すぎる。

だからあの子は、生きていく上で大切な、食べるということすら出来なくなってしまったというのに。

「りっちゃん、大丈夫かい⁉」

「縫様」

ちょうど縫ノ陰様が宮中仕えより戻ってきた。

どうやらこの屋敷に起こった事情を、すでに知っているみたいだ。

「すまないねりっちゃん。怖い思いをさせただろう。私が不甲斐(ふがい)ないばかりに」

縫ノ陰様は律子さんに駆け寄り、その頬に手で触れる。

「いいえ縫様。わたくしは大丈夫ですよ。しかし、竹千代様が……」

「……妖王様の決定だ。あの方は、様々な者たちを信じられなくなっている。きっと、私たちのことも」

縫ノ陰様は何か事情を知っていそうだ。

今になって彼は、やっと私たちの存在に気がついた。

「あ、ああ。すまない！　葵さんたちがいたのに、挨拶もしないでっ」

「いえ、ご無沙汰しております。慌てていらっしゃるようですが、何かあったんですか？」

「ああ、竹千代様のこともそうだが、大変だ。もうすぐ天神屋の大旦那のことが民衆に公表される。そうなったら天神屋は大打撃を受ける……っ」

「……え」

それは、私たちにとって恐るべき事態である。

縫ノ陰様は、ひとまず私たちに屋敷の中へと入るように言った。

縫ノ陰邸でも、随分と奥の部屋へと案内され、さらにそこから地下へと向かう。

そこにこぢんまりとした奥座敷があり、私たちは戸を閉め切って、そこで話をすることになる。

まずはお茶を皆ですすり、混乱した状況の中、落ち着きを取り戻す。

「ちょうど今、白夜さんにも使いを出しているところだ。葵さんは白夜さんと、こちらで一度は会ったかい」

「ええ。少し不思議な、墓地のような場所で。その時、雷獣に見つかってしまったのですが、白夜さんが助けてくれました。でも、白夜さん、今思うとどうしてあんな場所にいたのかしら……」

「墓地？」

縫ノ陰様と律子さんが、お互いにハッとして、顔を見合わせた。

そして、なんとも言えない顔になり、静かに視線を落とす。

「おそらく、白夜さんはお墓まいりをしていたのでしょうね」

「お墓まいり、ですか？　いったい誰の？」

「白夜さんの、奥方のだよ」

「…………え？」

私とサスケ君はもう数秒後に、「え？　え？」と改めて尋ね返す。

聞き間違いかと思ったけれど、そうではないみたい。

「あ、あ、あのひと、既婚者だったんですか？」

「初耳でござる……」

サスケ君ですら知らなかったみたいで、なぜか彼は震えている。

気持ちはわかる。

「しかし、そうだな。天神屋でそのことを知っている者は、もうほとんどいないんじゃないかな。なんせ、天神屋ができる前に連れ添っていた奥方だからね」

縫ノ陰様は、そのことを語るべきか語らざるべきか、少し悩んでから、やはり私たちにその話をしてくれた。

「白夜さんの奥方は、名を鈴女さんと言う。しかし私たちも、その姿を見たことはない。白夜さんも、ほとんどその頃のことを語らないから」

縫ノ陰様の話に付け加えるように、律子さんが続けた。

「だけど、わたくしと縫様が結婚をする時に、一度だけ白夜さんの口から、鈴女さんのことを聞いたのです。なぜなら……その人は、人間だったから」

「人間？　白夜さんの奥さんは、人間だったってことですか？」

「ああ、そうだよ葵さん。出会いの経緯は全くわからないのだが、鈴女さんはとても短命だったようだ。いや、短命というより、寿命が短すぎたんだ。あやかしの白夜さんと比べると、そりゃあとんでもなくね」

「…………」

「白夜さんは鈴女さんと死別した後、大旦那様に声をかけられ、天神屋の初期の運営に携わったといいます。あの人にとって、鈴女さんは生涯でたった一人の女房です。あやかしとは一途な生き物ですから」

そうだったのか。

今の今まで、私たちは白夜さんが独身だと思い込んでいた。だってあまりに達観し、老成していたので、男女の恋愛ごとなど全く興味がないのだと思っていたのだ。

でも、白夜さんは遠い昔に、人間の女性と恋をしていた。

だからこそ律子さんと縫ノ陰様に、自分の妻の話をしたのね。

それは私にも迫る、避けて通れない人とあやかしの隔たりを物語る。

「話が逸れてしまったが、問題は山積みだよ。天神屋の大旦那が邪鬼であったことは、近々民衆に対し公にされるだろう。そうなったら天神屋の名は失墜する。それを機に、八葉制度廃止を唱える左大臣派が動き、一気に廃止へと持ち込むだろう。しかし右大臣派も黙っていないだろうから、大きな争いごとになるかもしれないね」

「まるで……計算されていたかのような展開でござるな」

サスケ君が淡々とぼやく。縫ノ陰様は頷いた。

「その通りだ。全て誰かの書いた物語のごとく、物事が進んでいる。おそらく……」

「雷獣」

すっと、その名が出てきた。

「ああ。葵さんにとっては憎らしい相手だろうね。いや、あの者を憎らしく思っている者はきっととても多い。だけど雷獣を止めることができる者が、現状隠世には少ないのだ。奴は隠世の分岐点に立ち、思いのままの方向へと導けるよう、筋書きを描き続けている。おそらく今回のことも、全ては八葉制度廃止を終着点に置いた、雷獣渾身の物語なのだろう。大混乱、大騒動、大炎上を盛大に盛り込んだ、ね」

筋書き。夏の、折尾屋での一件もそうだったのだろう。

南の地の儀式にも、雷獣が噛んでいた。奴は、隠世の分岐点に立つ。

「きっと……私のせいだわ。私が、折尾屋であいつの筋書きを壊したから。それで標的を天神屋にしたんだわ」

「いや、葵さん。それは確かに雷獣に目をつけられるきっかけの一つだっただろうが、裏を返せば、雷獣の筋書きを、唯一書き換えられるのは、あなたなのだという事だ」

「……え？」

縫ノ陰様の言葉に、律子さんまでもが頷く。

「津場木史郎もそうだった。雷獣という、尊いあやかしと言われながら好き勝手に世界を動かす者に対し、より突拍子もない〝好き勝手〟で翻弄したのだ。異界よりやってきた〝人〟という存在こそが、雷獣の思惑を覆す力を持つ」

「私……が……？　でも」

こんな事になってしまって、私に今以上の何ができるというのだろう。

これがあの男の筋書き通りだったというのなら、天神屋はそうやって力を削がれて、最後にはきっと、もうどうにもできないくらいにぺしゃんこに潰されてしまう。

それを、どう止めればいいのか。私には何も、思いつかない。

そんな中、律子さんが竹千代様について、縫ノ陰様に問う。

「縫様。竹千代様が連れて行かれてしまったのは、その件とも何か関係があるのでしょうか？」

「ああ、りっちゃん。おそらく妖王は、我々をも疑っているのだよ。我々はもっとも天神屋と、何より白夜さんに世話になってきた」

「竹千代様の件を持ち出して、騒ぎを大きくされると困ると思われたのでしょうね。あのような幼子を政治に巻き込むつもりは、毛頭ありませんのに」

　律子さんは堪えきれず、袖で涙を拭う。

「竹千代様は、とても怯えて泣いていましたよ。本当におかわいそう。宮中の闇を小さなお体で感じ取り、いらないと言われて、捨てられたと思い込んで、それでもやっと、ここに居場所を見出してくれそうだったのに。今度は訳も分からず、連れ戻されて」

「現妖王は……今の竹千代様の御心を、最も理解できる方だと思うのに。あの方もかつては、王位争いや隠世の事情というものに、随分と翻弄されたひとだった」

　私は、縫ノ陰様や律子さんの言葉を聞きながら、さっきからずっと、何も言えずにいた。

　今までなら、困難を突破する方法を、何かしら思いついてきたのに、私の手に負える範囲を超えてしまったからか、随分と弱気なまま。

「竹千代様は、朝からずっと、葵さんのお帰りをいまかいまかと待っていました。約束があるから、と。だから帰りたくないと。食べたいものがあるんだって、言っていました」

「……竹千代様が？」

「ええ。葵さんのおかげです。あの子は、ただ食べるだけではなく、自分から食べたいと、食欲を表に出すことができるようになったのです。しかしあの子は今、王宮で、何かをちゃんと食しているでしょうか」

「………」

竹千代様のことを考えると、胸が疼く。

だがふと、遠くの一点の光のごとく、自分の行くべき場所が見えてきた気がした。

竹千代様は、食べたいものがあると言った。それは多分、私が作ってここへ持ってきた、あの約束のお菓子だろう。

何も難しいことを考える必要はない。

私は、会いに行けばいい。竹千代様に、まずは約束のマカロンを届ければいい。

そうだ。私のやるべきことは、いつも私の料理が導いてくれる……

「あ、あの」

私がその提案をしようとした時、サスケ君がふいに私の腕を取った。

そして、厳しい顔をして小さく首を振る。

彼の視線は冷たく、私が今から提案しようとしたこと、やろうとしたことを、すでに予感している。

思わず、私は言葉を飲み込む。その上で、首を振ったのだ。

「すみません葵さん、お疲れでしょう。まずはお休みください。これからのことは、明日(あした)また考えましょう」

「は、はい……」

律子さんは私の様子がおかしいことに気がついたのか、この場での話し合いを終え、寝室へと案内してくれた。

私は一旦(いったん)、休んだふりをする。実際に少し寝た。

しかし明け方の寒い空気を吸い込んだ時に、ふと目覚め、しばらくぼんやりした後、

「ねえ、サスケ君」

天井に声をかけてみる。

するとサスケ君が「なんでござるか」と返事をしてくれた。

「どうしてあの時、首を振ったの」

「葵殿が、宮中へと忍び込もうとしたからでござる」

「それは難しいことなの？」

「当然でござる！　あの宮殿が、どれほどの結界と、銀鳩部隊(ぎんばとぶたい)、猪兵団(いのししへいだん)によって守られているると思っているでござるか！」

天井裏から顔を覗(のぞ)かせ、珍しくサスケ君が声をあげた。

怒っているような口調だったが、居場所が居場所なのでなんだか決まらない。

「わかっているわ。でも、竹千代様にはなんとか自分でマカロンを届けたい。そこから見えてくるものが、ある気がするのよ」

サスケ君は、やはり険しい表情のまま。

私は布団から起き上がる。サスケ君も天井裏から出てきて、私の隣にちょこんと座る。

「しかし、我々の姿は、あちらにはすっかり認識されているでござる。拙者ですら、宮中に忍び込むだけで命がけ。そもそも葵殿は人間。あやかしですらござらんし、見つかったら危険すぎるのでござる」

「ならば、隠し通路でもあれば、話は別か？」

「……うーむ、そうでござるなあ。でもそんなもの……ん？」

どこからか、私たち以外の男性の声が聞こえた。

キョロキョロとしていると、隣の部屋の襖が自動扉のようにスーッと開く。

薄暗い中、真っ白な人影がぼんやりと浮かび上がっていたので、私もサスケ君もビクッと体を震わせ、そのまま警戒モード。

しかしその人影、徐々に私たちのよく知るお帳場長の姿に見えてくる。

「あれ……もしかして、白夜……さん？」

「もしかしなくとも、私だ」

白夜さんはピシャリと襖を閉めると、私たちの元で腰を下ろす。

そして、じっと私を見た。無謀な提案をしたことを知られ、盛大に怒られるかと思い身構えたのだが、

「葵君、君の後先考えない提案、いつもだったらキツく叱りつけているところだが、今回は私も同意見だ。君は竹千代様に、その手土産とやらを持って行くべきだと考える。それには私も同行する。もちろん、サスケ君の力も借りたい」

あれ、怒られない？

むしろ白夜さんは悪い笑みを浮かべ、愛用の扇子を口元に当て考えを巡らせている。

「私は私で、妖王に言ってやりたいことが山ほどあるのでな。しかし王宮へと侵入でもしない限り、私ですら王のもとへたどり着けないようになっている。葵君の無謀な提案に乗じ、ちょっと奴らを脅かしに行こうかと」

「…………」

脅かし？　脅しに？

白夜さんはもう涼しい顔をして、扇子を開いてパタパタと顔を扇いでいた。

「拙者、一応止めたでござるからな……」

「あっはっは。サスケ君は将来のお庭番長候補。隠世でもっとも忍び込みがいのある城は、胸が高鳴るだろう」

「……はあ。もう投げやりでござる。どうにでもなれでござる」

こんなに張り切った白夜さんも珍しいし、こんなに投げやりなサスケ君も珍しい。

「まあ案ずるな。全ての責任は、発案者の葵君にある」

「えっ⁉」

「葵殿がこんな無謀な提案さえしなければ……でござる」

「あれ……ちょっと、二人して私に罪をなすりつける気？　というか厄介者扱いしてる⁉」

「史郎殿の孫でござるからなあ」

「史郎の孫、酷い響きだ。しかし逆に諦めもつく」

やれやれ、と。サスケ君と白夜さんが揃えて首を振る。

なんだか癪だが、実際私もこういうところは、おじいちゃん譲りなのかもしれないなと思った。

別に、暴れてやろうって訳じゃない。

ただ、私は私のやるべきことをやり、約束を果たしに行くだけだ。

さっそく白夜さんは、懐から地図を取り出し、隠し通路のある場所を説明した。

「霊園……？　この前雷獣と出会った、あの霊園に、王宮への隠し通路があるの？」

「ああ。あの大霊園は、もともと山を切り開いてできたものでな。以前はその山の麓に、私の家があった。当時の妖王の命で、千年土竜である砂楽とその兄紫門が、王宮から私の家までの隠し通路を引いたのだ。有事の際に王を逃すためだったが、ほとんどは王が私の元へと隠れて遊びに来るために使っていたな」

「…………」

「その通路の存在を知っている者は、もういない……今こそ活用しよう」

そして私たちは、こそこそひそひそと、王宮へと侵入する企み（たくら）を練るのだった。

幕間【二】白夜懐古

妖都には大霊園がある。

なかなか死なないあやかしたちが、それでも死んでしまった後に供養される場所だ。

「鈴女、すまなかったな。なかなかここへ来れずに……」

私、天神屋のお帳場長の白夜は、妖都に久々に訪れ、ある墓を参った。

被っている笠を押し上げ、木陰に佇むその墓を見据えている。

ここはあやかしたちの墓地だが、これは人間の墓だ。

大霊園の中心部より少し離れた場所にあるその墓石は、古く、苔むしている。

「天神屋はかつて何度も窮地に追いやられてきたことがあったが、今回のは今までで最大の危機だ。何としても、大旦那様を取り戻さねばな……」

目の前の墓に、一匹の雀が舞い降り、ピーピーと鳴く。

『ねえ、白夜様。私は絶対、あなたより先に死んで、黄泉の国へ行ってしまうわ。だから、生きている間に精一杯のことをやりたい。精一杯、あなたとお話をして、あなたに触れて、あなたに名を呼んでもらうの。でもね、私が死んだら、すぐにこの名前は、忘れてしまっていいわ……』

かつての、君の言葉を思い出す。そんな思い出に縋りたくなるほど、現状は難儀だ。

「まるで、君に叱咤激励されているようだよ、鈴女」

忘れていいと言われた名を、今まで忘れたことなど、一度も無い。

○

約六百年前。

当時宮中の妖王より隠世全土の地図を作成する命を受けていた私は、ちょうど隠世の八方の地を旅しながら、落ち着きをみせていた八葉の政治の様子や、土地の特徴、住むあやかしたちの傾向などを調査していた。

あれは確か、西の地の山中の川辺で一休みしていた時の事だ。

「ねえ〜こっちこっち〜」

竹やぶの間をちょろちょろと飛んでいた管子猫たちが、私を見つけて呼ぶので、何事かと思い彼らについていく。すると岸辺で倒れ、気を失っていた人間の娘を見つけた。

痩(や)せた長い黒髪の娘で、驚いた事に白無垢(しろむく)を纏(まと)っていた。

「嫁入り前の娘？」

なぜそのような人間の娘が、と不審に思ったが、当時はまだ隠世と現世(うつしよ)の境が曖昧(あいまい)で、向こうよりこちらへ、こちらより向こうへと迷い込む者たちがそれなりの数いたのも事実だった。

「おい、大丈夫か」

その娘には、小さな雀が群がっていた。米袋を持っていたのか、周囲に米が散乱していたからだ。目覚めた娘は、自分が何者であり、なぜこんなところにいるのかを知らずにいる、ぼんやりとしたおとなしい娘だった。

それが、のちに私の妻となる、鈴女である。

鈴女とは、彼女にやたらと雀が群がっていたのと、呼び名がないと面倒だからと、私が適当に付けた名であった。仕方がない。名すら忘れていたのだから。

こんな山中で人間の娘など一人で放っておいたら、どんなあやかしにとって食われるか分からない。そもそも目覚めた彼女は、未知の世界に怯(おび)え、最初に出会った私を頼りにするほかなく、ひたすら後をついて回った。

面倒なことになった。

このまま人間の娘を連れて、隠世を巡るのは骨が折れる。

異界への入口をいくつか知っていたので、この娘を現世に送り届けようと思ったのだが、「帰りたくない。私はあちらへは帰りたくない！」

大人しかった娘が、声を大にしてそう訴え、元の世界へ帰ることを頑なに拒否したので、私は仕方なくその娘を連れて回る事にした。

元の世界に居場所が無かったのか。

嫁入り先が嫌だったのか。

現世はちょうど室町の時代で、戦乱の続く世の中だった。

何か残酷な出来事でもあったのか。

鈴女は何も覚えていなかったから、私がそれを知る事は最後まで無かった。何も覚えていないのに、元の世界へ帰りたくないという思いだけは体に染み付いているようで、それが何だか哀れで、しばらく面倒を見てやろうと思ったのだった。

無知で儚く、ぼんやりとしていて手のかかる娘だったが、共に旅をするうちにお互いに愛情が芽生え、私たちは夫婦となった。

私はそれまで、隠世の王に仕え、その時々で必要な役割を担ってきた。

何のためにそのようなことをしてきたかというと、これはもう、そういうあやかしとしての性だとしか言えない。白沢とは賢王に仕え、知恵を絞り助言を授け、治世を見守る定めを持つあやかしだからだ。

自らの幸せ、そういったものを求めることなどほとんど無かった。

日々は清く正しく、そして淡々と過ぎ去るものだと思っていた。

色で言うと、薄い灰色のような日々。

しかし鈴女と出会ってからは、日々の生活に安らぎと潤いがもたらされ、気がつけば一日一日が彩りに満ちていく。彼女の笑顔を見れば、荒(すさ)んだ心も癒(いや)され、醜いものばかり見て濁り凝った瞳(ひとみ)も、徐々に澄んでいくような心地だった。

やがて隠世を一周し終わった私たちは、妖都の北側の山の麓に家を持ち、二人で暮らした。

鈴女は食事の用意を頑張っていたが、とりわけ得意という訳ではなかった。

しかしただ一つ、味噌(みそ)田楽という豆腐の料理を知っていて、それは彼女の生きていた現世の室町の時代に生み出され、流行していた料理だった。

当時、味噌や出汁(だし)の技術が現世で発達し、それが少し遅れて隠世にもたらされていた、そういう時代だ。

豆腐自体は隠世にもあり、妖都の貴族を中心に食べられることもあった。辛味噌をつけ、竹串(たけぐし)に刺して焼くだけの田楽は、単純な料理だったが酒のつまみとしても優秀で、何より鈴女がよく作ってくれたから、私は毎日それを食べていた。それを食べるだけで、不思議と力が湧いてきて、日々を健やかに過ごすことができたのだった。

出会いの春。

そして彩りの夏が過ぎ、収穫の秋ののちの、薄い灰色の冬。

私たちの夫婦生活は、四季のごとく栄え、そして彩りを失い始める。

そう、冬だ。

時の流れの違いに、お互いが気付き始めたのだった。

とても早かった。私にとって共に過ごした時というのは、一瞬で過ぎ去った甘い春風のようで……

鈴女は歳を重ね、病に伏せる。

人間とは、なんと脆(もろ)い生き物なのだろう。まだ五十年も生きていないというのに。

いや、人間の身で私の妻という立場は、思いのほか命を削るものだったのかもしれない。

長年対立関係にあった雷獣めも、私たち夫婦に散々嫌がらせをしてきたからな。

私はそんな鈴女の看病をしながら、彼女に効く薬を探したが、そもそも寿命というものを乗り越えさせてくれる不老不死の薬など、人を幸せにはしないことを、私は知っていた。

鈴女は床に伏せたまま、置いていかれる恐怖にかられている私の手を、力なく握りしめていた。

『私が死んだら、すぐにこの名前は、忘れてしまっていいわ。あなたにもらった名を、返すだけだもの』

　そんなこと、できるはずも無い。

　それを鈴女も十分にわかっていて、だからこそ、あえて忘れるように言ったのだ。

『私はあなたに出会えて幸せだった。幸せな人生だった。でも白夜様のこれからはとても長い。あなたのこれからが幸せでなければ、私は死んでも死に切れないわ。生きているひとが、何より大事なの。死んだ後に残るものなんて一つもなくていい。忘れてしまってもいい。だから、これからのあなたに寄り添う、大事なひとと居場所が出来ますように。見ているから、ずっと……』

　鈴女はそう言い残して、微笑みながら死んでしまった。

　彼女の墓は、共に住んでいた家の裏庭にあった、大きな楠の下に作った。

　その笑顔を、今でも思い出せる。

　鈴女を失った喪失感もあり、どこか気が滅入っていたのだろう。

　その隙を逃さず、あの雷獣によって私は立場を奪われ、王宮でも分の悪い立ち位置に追いやられる。

　正直、少し疲れていた。

王宮には私利私欲しか考えない貴族もいたし、そういう者たちのために何かを為すことを、疑問に思い始めていた時でもあった。

そうだ。かつてのように、淡々とやり過ごすことが出来なくなっていた。

私にもこんな怠惰な感情があるのだと、皮肉な笑みもこぼれた。

それが何年も続いていたのだが、ある日私は、黄金童子様によって呼び出された屋敷の庭で、一人の童子と出会うのである。

それは、楠の上で雀と戯れていた、幼い鬼だった。

鬼。あやかし界の嫌われ者。しかも……邪鬼か。

他の者には決してばれないよう、その邪悪な霊力は黄金童子様の封印術によって隠されていたが、私の眼で見れば一目瞭然。

幼い鬼は、隠世では封じられるべき、邪鬼だったのだ。

その子はクスクス笑っていたが、私の目の前に降り立ち、子供らしからぬ大人びた赤い視線を私に向け、手を差し伸べる。

「なあ、白夜。妖都はつまらないだろう。王や貴族どものお守りに飽きたというのなら、僕とともに鬼の血の滴る土地を潤し、隠世の極楽をつくってみないかい」

長く様々な王に仕えてきた私の眼は、その者に、王器を見た。

私が次に仕えるべきものは、この鬼なのだろうと、すぐに悟る。

まるで天啓のような瞬間だった。

鈴女の願いが、私に新しい居場所と、大事な方を与えてくれたかのようだ。

そこは鬼門の地に生まれた、天神屋。

霊力を豊富に含む源泉を利用した、隠世最大の極楽宿。

そんな風に呼ばれるまで長い月日がかかったが、私はここのお帳場長として、大旦那様(おおだんなさま)や砂楽(さらく)、当時中庭に備わった茶屋を営んでいたザクロと共に、天神屋で忙しく戦い続ける。

大旦那様が幼い姿から成長されていく様を見続けていたのもあり、私にとっては我が子のような、しかし恐れ多い存在のような……

そう。大旦那様と、天神屋という宿に、尊いものを見出(みいだ)すようになる。

こうして私の日々は、また違う彩りに満ちていくのである。

第七話　宮中参上

縫ノ陰邸のある月ノ目区と王宮は接している。

それだけ、月ノ目区に数多くの役人や貴族が住んでいるということでもある。

王宮へ入るとなると、巨大な敷地を囲む城壁を越えるか、もしくは四方にある大門を通るかしなければならない。

白夜さんの地図には、それ以外の抜け道が記されていた。

そう。妖都の北側にある霊園を入口とする、隠し通路である。

私たちは白夜さんのつてを頼り、地下街を流れる用水路を船で渡って〝みくまり大霊園〟へと向かった。


「うう……明け方とはいえ、誰もいない墓地だと雰囲気あるわね。そもそも隠世の、あやかしたちの墓地な訳だし」

「あ、でもここ〝出る〟って噂があるのでござる」

「えっ！　そうなのサスケ君!?　ていうかあやかしたちにも〝出る〟って概念あるのね

……」

小声ながら、驚いてばかりの私。

白夜さんはスタスタとみくまり大霊園の奥へと進み、目印となる大きな楠を見つける。

その楠の下にも、古い墓があった。

このお墓だけ、墓地群から少し離れた所にある……

ふと、花の香りが朝の冷たい風に乗って鼻腔をかすめていった。そのお墓には、白い百合の花が、一輪だけ供えられていたのだ。

まだ綺麗な切り花。最近、お供えされたものなのだろう。

白夜さんは一度その墓をちらりと見て、何も言わずに楠の裏手へと向かった。

「おい、こっちだ」

ちょうど木の割れ目になった所に、鉄の隠し扉があった。

重い鉄の蓋に白夜さんが一度手をかざすと、蓋の縁に古い文字のようなものが浮かび上がり、それがぼんやりと光を放つ。

「封は解けた。持ち上げるぞ」

ここにいる誰もがあまり力持ちではないので、皆して「せーの」の掛け声で持ち上げる。

顔を真っ赤にさせて。

「せ、拙者は……忍びとはいえ時々地味に開催される〝天神屋腕相撲大会〟でも、毎度湯守の静奈殿に負けている身。こういうの専門外でござる」

「え、静奈ちゃん凄いわね……？」

「湯守は基本、腕力がある」

さて。やっとの事で持ち上げると、そこはマンホールのように、真下へと降りていく錆びた鉄の梯子があり、身軽なサスケ君を先頭に、私たちはそれを心して降りていく。

カツン、カツンとしばらく鉄の梯子を降りる音が続いた。

サスケ君が腰に下げていた、妖火を閉じ込めたガラス玉のおかげで真っ暗ではないが、手元までしっかりと明かりが届くわけではないので、手探りで降りる。

「いっ、痛いでござる葵殿」

「わあごめんサスケ君っ、手を踏んじゃった！　って、白夜さん執拗に私の頭を踏みつけないで！　途中からもうわざとでしょう」

「む。これは葵君の頭部か。どうりで安定感のない足場だと思った……」

よくよく考えたら謎の三人組。天神屋のメンツの中でも、この三人で行動を共にする日が来ようとは夢にも思わなかったわね。

そんなこんなで、ひたすら下へと降りていたのだけれど、サスケ君の「降りきったでござるよ」の声に、ほっと一安心。

そこはあまり幅の無い、しかし古く人工的な通路で、まっすぐ一本道が続いている。

天井は低いが屈む必要はなく、サスケ君を先頭にただまっすぐ歩いていく。

どのくらい歩いただろう。地図上では、みくまり大霊園から王宮の敷地内まで、歩いて一時間ということだった。しかしいつ地上に出られるかわからない不安のなか歩くと、倍以上の時間がかかったような気がする。

「大丈夫か、葵君」

「ええ。このくらいなんてことないわ」

やがて突き当たる場所があり、そこには四角い箱が設置されていた。

「これ、何？」

「昇降機だ。現世風に言うならばエレベーターか」

「えっ、これがエレベーター？　あ、でもそういえば、地下から外に出る時も、エレベーターに乗ったわね」

「ああ。昇降機の技術を何百年も前に確立したのは、地下に住んでいた千年土竜たちだ。今はこの技術に、地上の住人も頼っているがな。そうでなければ妖都の馬鹿高い建造物で、動くことの嫌いな貴族が快適に過ごせるものか」

それは確かに、白夜さんの言うとおり。

「この昇降機も、ずっと昔に砂楽が設置したものでな。霊力さえ食わせてやれば、今もまだ動くと思うのだが。まああいつの発明したものに欠陥などないだろう。……多分」

「だ、大丈夫なの⁉」

白夜さんが再び、エレベーターの脇にあるお札のようなものに手をかざすと、エレベーターは点灯し、起動する。扉が開いたので恐る恐る乗り込む。

これが思いの外スムーズに上昇した。

ずっと昔にエレベーターを開発した砂楽博士、凄い。

「いいか、この昇降機は王宮の最上階層の庭にある隠し穴まで上る。そこからまた鉄の梯子を登って、鉄の蓋を押し上げて出る。城内には猪兵団、空に銀鳩部隊と、逃げ場などないのだが、サスケ君は隠れ身の術が使えたな」

「さようでござる」

「君は葵君を連れて、竹千代様を探してくれたまえ。私は堂々と城内を歩いた方が、むしろ怪しまれないだろうからな。そのまま玉座の間へ直行して、妖王へと直談判してやるわ。くくくっ」

いつもながら白夜さんは恐ろしい。私もサスケ君もなんとなく震える。

「あ、そうだ。二人とも。作戦実行の前に、これ」

思い出したことがあり、私はこの場で背負っていた風呂敷を広げ、夕がおの土産用の紙袋を取り出す。

そして、サスケ君と白夜さんに一つずつ、紙袋に入れていた丸くて白いお菓子を配る。

「マカロンよ。もし何かあって、霊力が足りなくなっちゃったら、これを食べて。保存食」

「なんだこれは」

「………」

マカロンに対する二人の反応は微妙だったが、直後にエレベーターが最上階に着いた。

言われていた通り地中の土穴のような場所で止まり、私たちはそこから鉄の梯子を登って、やはり重い円盤形の蓋を開ける。

今度はサスケ君が、下から頭と両手を使い一生懸命その蓋を押し上げ、まず外の景色を確認する。

外はもう明るい。縫ノ陰邸を出て、随分と時間が経っているみたいだ。

「では、作戦開始でござる」

それを合図に、私はサスケ君に腕を引かれ、そのまま風のように中庭を駆け抜ける。

凄い。これがカマイタチたちの見ている世界。見ている風……

白夜さんは、もう見えない。だけどあの人はあの人で、やるべきことをするのだろう。

私ももう、覚悟を決めて歯を食いしばる。背負っているマカロンのお土産を、絶対に手放さないように。

王城北棟の入口を探していた。

ちょうど裏口らしき場所が開き、料理人の格好をした豚のあやかしが大きなゴミ袋を出していた。

私たちはその裏口に近寄り、豚のあやかしがゴミ袋を出している間にすっと中へと入る。

よし、侵入成功。

「……ここ」

コトコト……グツグツ……

トントントントン……

慌ただしく響く音。これは毎日聞いている、調理の音だ。

「厨房でござる」

サスケ君もこそこそと。

確かにここは厨房だ。王宮の厨房？

数多くの料理人が、この厨房で料理を作っていた。彼らが何を作っているのか興味があったが、サスケ君に急かされ、厨房の端をこそこそと通り抜ける。

厨房を出ると、女官たちが御膳を整えたり、配膳の為の荷台に積んだりしていた。

そこで少し、気になる話を聞く。

「はあ。どうせ竹千代様は、今日も朝餉を召し上がらないのでしょうね」

「もったいないわよねえ。こんなに豪勢な宮廷料理なのに。毒味でもいいから私が食べたいわ」

「何いってるのよ。本当に毒が入っているかもしれないわよ。せっかく竹千代様を追い出したのに、妖王様が連れ戻すよう命じられたのを、気に食わないひとたちがいるでしょうからね」

「しっ。よけいなことを言っていたら、私たちが消されてしまうわよ」

「妖王様もなぜ連れ戻されたのかしら。跡取りでもないし、母親も文門の地で療養しているし、あんなに難しい子、私たちの手には負えないのに」

「でも食べていただかなければ、私たちが叱られるのよ」

なんて、言わずにはおれないというような、皮肉めいた会話をしている。

こちらとしては物申したい事もあったけれど……そうか。

あの御膳が竹千代様の元へと行くのか。

「この女官たちについていくのが一番早いかしらね」

「ならば拙者が術を使いながら、葵殿をお連れするでござる。——忍法、隠れ身の術」

サスケ君が、手で印を結び行使する〝隠れ身の術〟。

私はサスケ君に身を寄せ、共に隠れ身の術をかけてもらいながら、こそこそと女官の後をつける。

それにしても……女官たちの運ぶ朝食は、美味しそうな匂いを漂わせている。

これは、栗入りおこわと、おだしの効いた湯豆腐と、醤油の大根炊きと、水菜のおひたしと、真鯛の煮付けと……

しずしずと、上品に。

三人の女官がそれぞれのお料理を載せた御膳を運ぶその姿や佇まいは、何かの形式に則ったものなのかもしれないが、それにしてもあまりに移動が遅い。

しかもずっと階段を登っている！

緊張感の続く時間が長いので、どっと疲れてしまい、竹千代様のお部屋についた頃には、私の方が息切れしてしまいそうだった。

最上階層の、さらに最上階。そこは王家の者たちの居住区だ。

大本塔から伸びる宙橋を渡ると、個別の離れのような部屋が点々とあり、その一つが竹千代様のお部屋のようだった。

隠れ身の術を継続して使いながら、その部屋にそろそろと忍び込む。

竹千代様だ。竹千代様が、中央の御座に目一杯背筋を伸ばして座り、むっとしている。

女官たちが竹千代様のお部屋に御膳を並べ、あれこれ世話をしようとしていたが、

「早く出て行け」

竹千代様が強くそれを拒否したことで、女官たちは、わかっていましたと言いたげな態

度で、その場を出て行く。

一方、私たちはどこにいたかというと、竹千代様の広いお部屋にあった、立派な金の屏風の後ろだ。

さっきから心臓がばくばくしている。

なんとかここまで、見つからずに済んで良かった。

「竹千代様……」

しかし、屏風の端から見る竹千代様は、とても虚ろな目をしていた。

まるで出会ったばかりの頃の竹千代様のようだ。

目の前の豪華な御膳の料理に箸を伸ばすが、それを食べようとして止めてしまう。

ぽつんと、この広い部屋の真ん中にたった一人。あんなに幼い子供が、誰に相手をされることもなく、人形のようにそこにいる。

連れ戻されてからずっと、こんな状態だったのだ。

そこにあるのは、自分と、数の多いこだわりの料理だけ。

食べれば美味しいのだろう。しかし宮中の料理というものが、孤独の象徴になってしまっている。目の前のものが、恐ろしくて仕方がない、そんな顔をしている。

そして、傍に置いていたある紙を広げて、静かに見つめている。

あの紙……私が手書きで作った、お子様ランチのレシピだわ。

「……食べたい」

竹千代様が、ぽつりと零した。

「葵の料理が食べたい……っ」

涙をレシピの紙に零し、私の料理を望む。その姿に、言葉に、胸が締め付けられる。

食べたいという意思はあるのだ。そんな彼の望みを、私はここで存分に叶えてあげることはできない。だけど、

「竹千代様……っ、遅くなって、ごめんなさい！」

私はサスケ君の風の幕を剝ぎ、屏風の後ろから出た。

「あ、あ、葵……？」

そして、驚いた顔をしている竹千代様の前でしゃがみこむ。

「ええ、そうよ。竹千代様に食べてもらいたいものがあって、ここへ来たの。約束の食べ物よ」

微笑み、いまだ目を丸くしている竹千代様の前に、紐で絞った小さな包み袋を差し出す。

竹千代様はしばらくそれをじっと見つめていたが、やがてその小さな手で受け取り、紐を解いた。

中には、無添加で真っ白なマカロンが数個。

ほんのり小豆色で、小豆の餡子と隠し味で加えた〝ひとつまみの塩〟が決め手のバター

クリームを挟んだ、和心溢れる私のお手製だ。

竹千代様は無言でこのお菓子を見つめている。

あれ、もしや想像より地味だったとか⁉

「これ……もしかして、まっころん？」

しかし竹千代様は分かってくれた。

「ええ！　シローのおかしなおかしが、これと同じかは分からないけれど、私なりに考えて作ってみたの。現世ではマカロンって呼ばれているお菓子なのよ。竹千代様に、食べてもらいたくて」

「……僕に？」

「ええ。だって約束したでしょう？　私、竹千代様に食べてもらうために、ここまできちゃったわ」

忍び込むの結構大変だったんだから、と軽くおどけて。

竹千代様はそれを十分理解しているのだろう。驚きの色を宿す瞳のまま、包み袋の中から、一つを手に取った。

「あれ？　見た目よりずっと軽いんだね」

「ふふ、そうでしょう？　食べるともう少し驚くかもしれないわ」

「……んっ⁉」

一口では食べられないので真ん中で齧って、その予想外の食感に驚いている。

「あはは。びっくりでしょう？　シローのまっころんはね、結構面白い食感なの。周りはカリッとしているけど、中は少し、しっとりもっちり、シュワッて溶けちゃう感じかしら」

「不思議だ。でも……美味しい。とても」

「本当？　良かった、竹千代様のお口に合って」

竹千代様は最初こそ食感を楽しみながらゆっくり咀嚼していたが、やがて夢中になってサクサクッ、サクサクッと軽快に頬張っていた。次から次に食べるので、すぐになくなりそう。お腹も空いていたんだろうな。

最後の一つをとっておくか食べるかで随分悩んでいたので、私は袖からもう一つの包み袋を取り出した。

こっちもマカロンが入った袋だ。とりあえず、焼いた分の残りも全部持ってきていたのだった。なんというか、皆の霊力回復用非常食として。

「食べたいのならまだあるから、それは食べてしまいなさい。甘いお菓子だから、がつがつ食べてくれるなんて思わなかったわ」

「葵も。葵も食べなよ。美味しいよ！」

「わかったわかった……私だって味見くらいしてるけどね」

誰かと一緒に、その味を分かち合いたいのだろう。

私は自分で作ったマカロンを一つ食べてみた。

うん、相変わらず小豆餡とバタークリームの相性って抜群。ひとつまみのお塩も、甘いだけではない味わいに、より深みを加えている。

何と言っても、練りこんである手作りアーモンドパウダーの風味が、このお菓子で一番の特徴かしら。アーモンドから手作りしたおかげで、香りが際立っていい。

そうだ。これもまた、天神屋の新しいお土産にできないだろうか？

季節によって味の応用もきくし、抹茶やきな粉、紫芋などの和風の味との相性もいい。

色々と落ち着いたら、また銀次さんに相談してみよう。

たくさんの人が面白おかしく食べてくれたらいいな。

そしたら大旦那様も……喜んでくれるかしら。

大旦那様。大旦那様の元へ辿り着くのに、あとどれくらいかかるのだろう……

「葵？　どうしたの？」

「ん？　えっと、その……せっかくのご馳走をほったらかして、朝からおやつなんて、普通なら叱られてしまうわよねって」

竹千代様の前ではちゃんと笑顔でいよう。

残された朝餉も、きっと料理人が一生懸命作ったのだろう。一つ一つの小鉢に丁寧なお料理が綺麗に盛り付けられているもの。それを横目に、別のお菓子を食べるなんて、料理人の端くれとしては妙な罪悪感がある。残してしまうのはもったいないわね……

「この朝餉、気になるんなら食べていいよ、葵」

「えっ!? そ、それはダメよ！　それは……」

「僕もうお腹いっぱいだし」

「そんな、お菓子でお腹いっぱいなんてダメよ。子供は育ち盛りなんだから」

そもそも竹千代様の朝餉を私がいただくなんて、それは流石にはしたない。

はしたないが……見るぶんには構わないだろうか……

「あー、きゅうりのぬか漬けの匂いでしゅー」

胸元に潜り込んで寝ていたチビが、その匂いを嗅ぎつけてここぞと出てきた。

さっきまでうんともすんとも言わなかったくせに、こんな時だけ呑気に顔を出して……

「な、なにその変なの」

「あー、竹千代様は初めてだったわね。この子はチビよ。一応私の眷属。手鞠河童っていうあやかしなんだけど、隠世にはいない現世産のあやかしなの」

「へえ……現世の」

やはり、竹千代様は現世のものに興味津々。

チビはそんな竹千代様の前にぴょんと飛び出て「愛らしい僕を見るでしゅ～」と謎の小

躍りを披露していた。

そう、これが自分が可愛いことを知っているあざといあやかし、手鞠河童です。

竹千代様はそんなチビが気に入ったのか、つついたり抱き上げたり、にぎにぎしてみたり。されるがままおとなしくしているチビは空気の読める子。

しかしご褒美にきゅうりのぬか漬けをおねだりしているので、かなり現金な子でもある。

知ってたけど。

「ねえ、竹千代様。竹千代様は、また律子さんのところへ戻りたい？」

「……え」

その問いかけに、竹千代様はじわりと目を見開く。

きゅうりのぬか漬けをぽりぽり頬張るチビを膝に置いたまま、またどこか虚ろな目をして、顔を下げた。

「ここは、寂しいでしょう？」

「……うん」

しばらくの沈黙の後、竹千代様が「でも……」と何か言葉を続けようとした。

しかし、その時だ。

「それはダメだよ、竹千代様。あなたはここにいなければ」

ハキハキとした、ハスキーな女性の声がこの部屋に響く。

竹千代様のお部屋の襖が開き、中へと入ってきたのは、男性用の狩衣を纏う女性だった。

深紫の長くまっすぐな髪を後ろで結い、耳は真横に伸び、尖っている。

また殿上眉が特徴的だ。いわゆる麻呂眉。

私は彼女を、見たことがある。

「……ザクロ、さん？」

南東の八葉でもある、大湖串製菓のザクロさん。

小豆洗いというあやかしで、彼女はかつて、天神屋で茶屋を営んでいた。

私が今、夕がおを営んでいる、あの中庭で。

「まあ、私をご存じとは光栄だよ。でも私もあなたのことを知っているの、葵さん」

その人は目元を細め、優しげに笑った。

その笑顔のまま竹千代様の傍にしゃがみ込み、幼い彼の顔を覗き込む。

「竹千代様、ご心配なさらず。寂しいことなんてもう一つも無いのだから。なぜなら、これからは私があなたのお側に付いて、お食事やお菓子を管理いたします。赤熊将軍も、あなたの後ろ盾としてお側に。これ全て、妖王様のご命令でございます」

「……え？」

戸惑っているのは、竹千代様だ。

ザクロさんの背後には、頬に傷のある、まだ年若く見える凜々しい赤茶髪の武人が、じろっと私を睨み続けている。これが、竹千代様を連れて行ったという例の赤熊将軍……？

私は表情を引き締め、ゆっくりと立ち上がる。

まずい。今更だが、王宮の連中に見つかってしまったということだ。

ここで捕まってしまっては、天神屋の皆に迷惑をかける。

「ん？」

ザクロさんは、竹千代様が傍に置いていた包み袋のマカロンを見て、わずかに顔をしかめた。しかしすぐに、また笑みを作る。

「ふふ。私も、竹千代様がお戻りになったと聞いて、朝から渾身の大福をこしらえたのだけど……」

彼女は、持っていた三方を、竹千代様の前に置いた。

その上には、まるでお供え物のように、大福がぽつんと置かれている。

「でもどうやら無用だったかもしれないね。なんせ、あの天神屋の葵さんが、すでにお菓子を用意していたみたいだから。それで……その、私もそのお菓子に興味があるんだけど、一つ頂いてもいいかな？」

「え？」

ザクロさんは、多少もじもじしながら、マカロンの包み袋を指差す。

これに興味を持ってくれるなんて意外だ。だって、確かザクロさんは伝統的な和菓子を作る和菓子職人と聞いていた。
　何か裏があるのかと、私は警戒したまま。しかもザクロさんの後ろにいた赤熊将軍が
「捕らえましょう」と言うので、さらに逃げ腰の体勢になる。
「まあまあ。竹千代様の御前でそんな無粋なことはやめなさい、赤熊将軍」
「しかし、ザクロ様。あの者は天神屋の津場木葵。あの史郎の孫ですぞ。もし竹千代様を
盾にでもされたら……あの津場木史郎の孫ですぞ！」
　大事なことを二度強調しながら、赤熊という将軍が吠える。
　しかしザクロさんは苦笑した。
「そうは言っても、竹千代様にとってはお客人のようだよ。竹千代様は、津場木葵の料理
だけは食べるんだって報告があったじゃないか。それに私だって和菓子職人。それ以前に、
天神屋の元幹部だもの。あの中庭の店を受け継ぐ津場木葵の料理とやらが、どのようなも
のか、知りたいの」
　元天神屋の幹部。自分でそう言い切った彼女の目は、静かな熱を帯びていた。
　一方私は、そんな彼女に自分のお菓子を食べてもらいたいという思いと、彼女の作った
和菓子を食べてみたいという欲に駆られる。
　自然と、彼女に和マカロンを入れた袋を差し出していた。
「あの。ならブツブツ交換ということで。私にもあなたのお菓子を食べさせてください」

「あはは。聞いていた通り図太い子だね」

……いったい誰に聞いたのやら？

疑問ばかりだが、ザクロさんは了承した。

「もちろん、いいよ。私だって、ちょうどあなたに、自分の豆大福を食べてもらいたいと思っていたところだったの。竹千代様がたんと食べてくれて、お代わりをしてくれたらと思って予備を持ってきていたのだけれど……その願いは叶いそうにないからね。葵さんに食べていただけるのなら、光栄だよ」

竹千代様の為に用意した豆大福は、まだそのまま残っている。

ザクロさんは懐から笹の葉の包みを取り出した。そこには、竹千代様に差し出した豆大福と同じものが一つ包まれていた。

ザクロさんはその場で正座をし、マカロンを一つ袋から手に取り、上品に口へ運ぶ。

私もまたその場に座り、笹の葉の包みから大福を持ち上げ、一口齧る。

妙な緊張感が走る。お互いに向かい合い、お互いのお菓子を食べて、お互いの顔色を窺っているのだから。

「わ、美味しい……っ！」

しかし私はその豆大福の味に、思わず口を押さえ、感嘆の声を漏らす。

革命的な驚きがある味ではない。当然、豆大福というお菓子は今まで何度も食べてきたからだ。

だけど、餅は柔らかさの中に弾力があり、中のこし餡は荒さが全くなく甘さ控えめで手仕事を感じる。表面に見え隠れするえんどう豆の主張は強く、いかにも豆大福といいたげな存在感がある。

総合すると、個性も感じるが誰もが楽しめる王道の味になっている、そんな豆大福だ。

これは恐れ入った……

「葵さん。このお菓子はなんというの？」

「あ、それはマカロンです。卵白を利用しています。本来はチョコレートや果実のクリームを挟んで、様々な味を楽しむことができるお菓子なのですが、今回は餡子を混ぜた、塩気のあるバタークリームを挟んでいます」

「へえ。美味しいねこれ。小豆餡のお菓子は大抵食べ尽くしたと思っていたけれど、こんな食べ方もあったんだ。とてもクセになりそう」

ザクロさんは、包み袋からもう一つとって、さくさくっと食べる。気に入ってくれたみたいで、少し嬉しい。

「だけど、あやかしたちに広く受ける味ではないね」

しかしその一言が、私の喜びを一気に冷ましていく。

「それは……この先ずっと残り続けるお菓子ではない、ということよ」

ザクロさんは強張った私の顔を見て、またニコッと微笑み、気さくな口調で続けた。

「葵さん、あなたのお料理やお菓子を、私は様々な記事でよく見かけるよ。それに天神屋の新しいお土産！　あのチーズ入りの蒸し饅頭はとても美味しかった。とても懐かしい気分になるの。……なぜなら、かつての私の作っていたものに、少し似ているから」

似ている？　どういうことだろう。

私はこの人の作ってきたものをほとんど知らないし、真似してきた訳じゃないのに。

「ええ。もちろん、〝料理や味が同じというわけじゃない。似ているのは〝目指しているもの〟かな」

「目指しているもの……？」

「ああ。新しいものを提案する、その姿勢だ。だけど、だからこそ分かる。あなたの作るものは、その時々によって評価が変わる。今は、あやかしたちにとって現世のお料理というものは珍しいよ。だけど、避けられない流れがある」

ザクロさんは少し冷たい目をして、容赦なく私に告げた。

「隠世に生きるものたちにとって、それが珍しくなくなった時、あなたのお料理に価値はなくなるの。あやかしはとても多くのものにときめき、そしてすぐ飽きる。本当に飽きやすい。驚くほど、流行りはすぐに廃れる。だけど、あやかしたちに飽きられず残ってきたものというのは、本物なの」

「……本物？」

「だから私は、基本に返った。大湖串製菓で再び修業を積み、長く息づく和菓子の真髄を知り、それを極めた。結局ね……帰ってくるの、みんな。その時々で何かがもてはやされ、それに夢中になったとして……少しの間忘れていても、それでもまた、ここへ」

彼女は竹千代様の前に置かれている、三方の豆大福を見つめていた。

私の視線も、自然とそちらを向く。

なんの飾りもなく、いたって王道の大福だ。この見た目は、長い間ずっと変わっていないのだろう。

しかし、だからこそだ。ただの大福でありながら、緊張感を纏う佇まいが美しく、長い時を積み、改良を何度も重ねここに至った。そういう歴史を感じる。

そう。ザクロさんの言い分が、わからない訳ではない。

確かに私の料理がこの世界のあやかしたちに受け入れられているのは、物珍しいから、そして私の作るものに霊力回復の力が備わっているから、というのはあるのだろう。

たとえ、あやかし好みの味をおじいちゃんに叩き込まれていたとして、そんなのはこの世界のあやかしの料理人たちも同じなのだ。

残り続けるもの。一時的な流行として過ぎ去り、忘れられ消えてしまうもの。

確かに、私の料理は、後者なのかもしれない……

「もし、ね、葵さん。もし、あなたのお料理に、私を脅かすほどの何かを感じたのであれば、私は天神屋を救う手を伸ばしたかもしれないよ」

ザクロさんは懐から、立派な絹の袋に包まれた、あるものを取り出す。

「それはもしかして、金印、ですか」

南東の八葉、大湖串製菓。

以前宙船で見た、その三つ宝玉の紋が刻まれた金印だ。

そうだ。彼女は八葉の一角を担う。私たち天神屋が求めるものを一つ持っている。

「ちょっ、ザクロ様！　それは――」

「少し黙っていて赤熊将軍。……私だってね、天神屋の大旦那様に、恩がないわけではないの。あの方だけが私を認めてくれた。当時の私が、迷いながら作る新しいお菓子を、尊いものだと言ってくれたの。……だけど小豆洗いとしての立場もある。それすら超えて、私に訴えかけるもの、私の情熱を湧き起こすものがあったなら、私は……。だけど、葵さん。過去の自分を見ているだけじゃあ、手を差し伸べることはできないよ」

「そんな……私を、試したというの？」

そうか。それで私は今、一つ失敗をしたのだ。

ここで彼女に認めてもらえるものを提示できたなら、もしかしたらそれは、手に入ったかもしれない。大旦那様を助け、大旦那様の居場所を守る、一つの希望になったかもしれない。それなのに……

そう考えると、自分の料理なんて、やはり大したことなどないのだと思ってしまう。

なんだか心がざわついて、ざわついて仕方がない。

今まで、私の料理を美味しいと言ってくれた者たちの言葉すら、遠くに消えてしまいそうだ。だってそれは刹那(せつな)の感想に過ぎず、何かを覆すほどの影響力を持たない。

この先、残っていかない。

そんなもので、私は大旦那様を、天神屋を、何かを守れるというの？

「うるさい」

しかし、これに反論したのは、今まで静かに私たちのやりとりを見ていた竹千代様だった。竹千代様はゆっくりと立ち上がり、震える声で続けた。

「うるさい。うるさいうるさいっ！　お前たちの料理が、いったい何なんだ。そんなもの、僕を助けてはくれなかったくせに」

「……竹千代様？」

竹千代様は声を張り上げ、私のために訴えてくれた。

ザクロさんは目を見開き、そんな竹千代様を前に微笑みを消す。

私も、まるで頬をひっぱたかれたような衝撃を受け、瞬(まばた)くことすらできず隣の小さな竹千代様を見上げる。

「葵の料理は僕を助けてくれた！　僕を見て、僕のために作ってくれた。お前たちは僕に、冷たく無感情な贅沢を押し付けるだけで、あとは皆してさっさと逃げて……僕から目を逸らして！　僕のことを、一つも見ようとしなかったじゃないか！」

唇を震わせて、わがままを言い放った子供のような、泣きそうな顔をしている。

目も真っ赤で、今にも涙が溢れそうなのに、その重円の描かれた瞳には強い意志が宿っている。

「!?」

それに、高ぶる感情と高まる霊力に呼応し、その灰色の髪も、桜と藤のグラデーションを纏い、光を帯びている。

それがあまりに美しく、息を呑む。それにこの髪色、どこかで見たことがある気が……

「竹千代様……その髪は……っ」

ザクロさんと赤熊将軍は、その姿を前に膝を付き、頭を垂れる。

いったい何が何だか分からなかったが、竹千代様がそうさせたのだ。

強い男になりたいと、竹千代様は言っていた。私の作ったものを食べれば強くなれるのかと、何度か尋ねたりして。

だけど彼を強くするのは、やはり彼の強い意志なのだ。願望であり主張を、表に出す勇気だ。それを促したのは……

「………そっか」

ああ、そうだ。私の料理なんて、それで十分。

大きなものや、長い歴史を見据えて作る必要はない。偉大なものを目指す必要はない。

ただ、目の前のあやかしと触れ合い、そのひとが一番必要としているものを作る。そのひとの願望を暴き、背をそっと押す。

いつか、飽きられ、忘れられたとしても。その瞬間を噛み締め、美味しかった、楽しかった、幸せだったという思いのやりとりができるのであれば、それで十分。

その時、そのひとが越えるべきものを越える。その手伝いができたのなら、それで十分。

「ありがとう……竹千代様」

感謝の言葉を口にせずには、いられなかった。

ザクロさんの言葉に足が竦んでいた。だけどもう、立ち上がれる。

気負いする必要はない。

「ザクロさん、あなたは私に、忠告をしてくれたんですよね」

「……葵さん？」

「でも、わかっています。大丈夫です。最初は同じような志を持っていたとしても、きっとあなたと私の目指すものは違う場所にある。それに……私は人間だもの。忘れられた頃には死んでいるし、それでいいのだと思うわ。覚え続けていても、もうそれが手に入らないのなら、辛いだけでしょう。あやかしは長生きなんだから」

私の言葉に、ザクロさんはきょとんとした顔になる。

そりゃあそうだ。この考え方は、おそらく人間のものだから。

「ずっと食べ続けてもらえるあなたのお菓子は羨ましいと思うけれど、私は、私が生きている間に、自分の手料理でできることをするわ。いつか、忘れられるものだとしても」

そう考えてしまえれば、吹っ切れるものもある。

長く息づく万人受けする王道、好き嫌いは分かれても目の前のひとにとって驚きと感動を与える新しいお料理……

どちらもきっと、世の中には必要なのだ。必要としているひとがいるのだ。

「……チッ」

一方、謎のやりとりにイラついている赤熊将軍が、いよいよ腰の刀を抜く。

「もう十分でしょうザクロ様。不法侵入の無法者の料理がいったいなんだというのだ。この女は天神屋の津場木葵。あの邪鬼の大旦那を見つけ出すために、絶対に捕らえるべきだ。全ては妖王様のために……っ！」

しかし赤熊将軍と私の間に、両手を広げて立ったのは竹千代様だった。

さすがに竹千代様に刀を向けることは出来ず、赤熊将軍はうっと怯む。

「葵、逃げて！　僕だって、事情は少しくらい知っている。葵はこんなところで捕まっちゃいけない」

竹千代様は私に向かって、叫ぶ。

「葵はちゃんと僕のところへ、約束のお菓子を持ってきてくれた。それは仲間を強くするお菓子なんでしょう。僕ももう、ここで、強くなるから！」

「竹千代様……」

「僕も約束する。絶対に、いつか母上に、葵と作ったあの料理を食べてもらうから！」

まだ幼い子供の背中が、とてもとても大きく、偉大に見えた。

それはもしかしたら、王家の血を引く彼にある、天性のものなのかもしれない。

彼はもう、律子さんの元へ戻ろうとは思っておらず、ここで強くなる決意を持ったのだ。

「葵、早く逃げて！」

しかし私が慌ててこの場を逃げようとするのを、赤熊将軍は見逃さず、すぐに身を翻し、厳しい形相で私の手首を取り、腕を捻って体を持ち上げる。

「い……っ」

「逃がすものか、津場木葵！」

しかし直後、この部屋の屛風が倒れ、強い風が吹き荒れ、頭上からクナイが数本投げ込まれた。赤熊将軍はとっさに、もう片方の手で持っていた刀を薙ぎ、払い落とす。

「あいたっ！」

その隙に、ちょろちょろと私の体を登ってきたチビが、赤熊将軍の腕に噛みついた。

将軍が私の腕を離した瞬間、再び風が私の体を取り巻き、そのまま攫っていく。

サスケ君だ。サスケ君が私を抱えて、この部屋の縁側から飛び出した。

「くそっ、待て！　待たぬか貴様らあああああっ！」

赤熊将軍の声が遠のく。それもそのはず、私たちはすでに空を落ちていたから。

サスケ君に抱えられているので怖くない。サスケ君の首周りにぎゅっとしがみつく。

真下にあった塔の屋根に軽々と降り立ち、そのまま屋根の上を不規則に移動し、ある小さな塔の屋根の下に隠れたのだった。

状況がひと段落し、サスケ君に「助けてくれてありがとう」と言うと、

「……それが拙者の役割でござる」

と、仕事人らしい返事があった。

しかしちらりと私の方を見て、サスケ君は突然こんな話をする。

「そういえば……拙者が星華丸に乗る際、弟や妹たちが、葵殿にもらったお菓子を食べたみたいで……えっと、なんでござったか。マコ……カ……かろっこん？」

「ん？　マカロンよ」

「そう！　それが美味しかったのだと、笑顔で報告してきたのでござる」

キリッと表情を引き締め、名を間違ったことを無かったことにするサスケ君。

そして、

「きっと、先ほど竹千代様に差し出した菓子でござろう。拙者も先ほど、葵殿から事前に手渡されていたその菓子を食べ、力を発揮できたでござる。とても美味であった」

サスケ君は私に向き直り、彼にしては珍しく、小さく微笑む。

「葵殿の料理は、いつも誰かを、あやかしを、元気にしている。それだけは、天神屋の誰もが知る、確かなことでござるよ」

その言葉が、強く私に響いた。

きっと、先ほどザクロさんに色々と言われた場面を、サスケ君も見ていたから、あえて言葉をくれたのね。その笑顔だけで、私も十分、元気をもらったわ。

顔をあげて、先ほどまでいた場所を見上げた。

そびえ立つ塔の、数々の屋根に隠れて、さっきまでいた竹千代様の部屋は、ここからもう見えなくても。

ザクロさん。

あなたは大旦那様を助けたいという思いだけでは、動いてはくれないのでしょう。

今回は無理だったけれど、次にあの人と会った時は、あの人に認めてもらえる、だけどあの人とは違う道を選んだ私の料理やお菓子を、食べてもらいたい。

あえて金印の話をしたということは、それだけがあの人を動かせる鍵(かぎ)なのだということを、私に教えてくれたのだろうから。

幕間【三】白夜参上

王宮の大本殿。

その、玉座の間までの大空中回廊を歩むのはいつぶりだろう。

私、天神屋(てんじんや)のお帳場長・白夜(びゃくや)の心は酷(ひど)く落ち着き、淡々としていた。

それはまるで、遠い昔にここ宮中で働いていた時の、私のようだ。

「天神屋の白夜様だ」

「もう天神屋は終わりだぞ。いかに白夜様とて、どうにもできまい」

「しっ。あの者には、無数の眼(まなこ)があるというぞ。いらぬことを言って睨(にら)まれたら終わりだ」

「しかしどうして白夜様がここに……？」

ふん。陰口も全て聞こえているぞ。

しかし小物貴族どもの相手をしている場合でもない。

開かれた大扉から堂々と玉座の間へ参上しようとする。

「お待ちくだされ、白夜様」

しかしそこで、玉座の間を守る黒猪将軍に行く手を阻まれた。

この者は私もよく知っている。黒髭の勇ましい、大きな体をした妖都の大将軍だ。

「あなた様に玉座の間に入る許可は出てはおりませぬぞ」

「ふん。白々しい。……ここまで誰も私の侵入を拒む事は無かったぞ。堂々と歩いていたのになあ」

嫌味を言い捨て、黒猪将軍の脇を堂々と通り、さっさと玉座の間へと参る。

ザワつく役人や武人、貴族どものことなど気にせず、高みの玉座から私を見据える現妖王の前まで歩み、御前では深く頭を下げ、袖で顔を隠す。

「白夜か。……面をあげよ」

玉座に座る妖王の、ひときわ澄んだ声を前に、私は顔を上げる。

桃と藤の色が、見ようによって移り変わる彩髪を持ち、二重に重なる円の模様を瞳に刻む。長く重い、きらびやかな衣を纏い、頭上に王の証を冠する。

とはいえその王は、まだ若い青年の見た目をしていた。

実際に、私から見ればかなり若い妖王だ。玉座につき、まだ二百年と経たない。

「久しいな、白夜。許可なく城内へと忍びこみ、玉座の間へと堂々と入り込めるものは、そなた以外にはおるまいな。厳重な警備の中、いったいどこから入ったのやら。あなたにしか分からぬ王宮の仕掛けが、まだまだあるのだろうな」

「はて。私は特に何も知りませぬが。誰も私を止めぬので、妖王が私を招いてくれたのだと勝手に解釈しておりましたが」

開き直ってシラを切る私に、妖王はくすくす笑う。

「そなたも相変わらずだな。王の前であっても、愛想笑い一つしない」

「そんなもの、誰のためにも、己がためにもなりませぬゆえ」

「ふふ。そなたのそういうところが、私は気に入っている」

ぬるい会話が続いたが、私は王を見つめる目を細め、鋭く本題に切り込む。

「単刀直入に申し上げる。私がこちらへ参上したのは言うまでもない。我が天神屋の大旦那様に関する決定を、無かったことにしていただきたく」

「…………」

今まで和やかであった妖王の表情と、その目の色が変わった。しかし私も怯まない。

「妖王、あなたは何を恐れている。大旦那様のことは、あなたが一番よく理解しているはずではないか。幼い頃より、我らが天神屋の大旦那様は孤独なあなたに寄り添い、後ろ盾となった。まるで兄のように。あなたもあの方を慕っていたはずだ」

私の物言いに、妖王の側近たちは霊力を逆立て、言葉を慎むようにと注意を繰り返す。

しかし妖王はその者たちに視線だけで黙るように命じ、私の言葉を黙って聞いていた。

なので私は遠慮なく続ける。

「過去の歴史において〝邪鬼〟は確かにこの隠世を脅かした存在だったが、大旦那様は違う。あの方は邪な心を持たぬ、ただの偉大な、古い時代のあやかしであっただけだ。現に今の今まで、誰もあの方を邪鬼であるなどと疑いもしなかったではないか。最も愚かしい者とは、その身の上に甘んじ、邪鬼以上に歪な心を持ち、罪なき者たちの運命を弄ぶ、そういう輩ではないのか」

主に、雷獣のような。雷獣のような。

妖王はそれを理解しているはずである。

あのような者が重宝される宮中のしがらみを、幼き頃より最も嫌っていたのだ。

散々、後継争いであの雷獣に振り回されたはずの、この妖王だというのに。

「それなのに、なぜあの者の言葉に耳を貸す。大旦那様ではなく、あの者を信じるというのか。私はそれが許せない。今まであなたに寄り添った者を、邪鬼だからと切り捨て、今まであなたを苦しめた者を、たかだか尊き聖獣だからと側に置くのか。それは徳の高い王の成すことではあるまい」

私の言葉は、あの王に届くだろうか。

しかし妖王の目の色は、曇天のごとく濁り、鮮やかなはずの色を移ろわせただけだった。

「白夜。あなたの忠言はもっともだが、それでも私は大旦那を捕らえ、再び地底へと封じなければならない。私は見てしまったのだよ。大旦那の真の姿を」

「……妖王」

「私がそれを見てしまったからには、もう誰にも、あの者の運命は変えられぬ。もう誰にも、私は止められぬ。隠世を守るために」

妖王の真意はわからないままだが、その決断を、私ごときの言葉で変える決意ではなさそうだ。

一瞬、迷いのような、憂いのようなものを感じたが……それでもやはり妖王は動かないか。

「あははははっ、白夜ぁ〜〜〜。先日は随分と手荒な逃げっぷりを披露してくれたね。おかげで餌を逃してしまったじゃないか」

「チッ。来たか……雷獣」

この頃合いに、雷獣が玉座の間へと現れた。

相変わらずへらへらふらふらと、とらえどころのない態度だ。見ているだけでむかっ腹が立つ。正直殺したい。

「雷獣。もう戯れも大概にしろ。お前の目的はいったい何なのだ！」

「はああ？　戯れ、ねえ」

その問いかけに答えることもなく、雷獣は背後に用意させていた、あるものを私に向けて、ほくそ笑む。

それはこの世界の産物ではない。

それは、人とあやかしが争い続ける中で生まれた、常世の〝姿あわせの大鏡〟。

「なるほど。それで大旦那様の姿を暴いたか、外道め……っ！」

鏡に映る自分自身を見たせいで、私の中にある霊力は、私の意に従わず勝手にざわざわと荒波を立てた。

「なぜそんなものを、お前が持っている雷獣。お前、お前はいったい、この隠世で何をしようというのか！」

この鏡は、あやかしの化けの皮を、強制的に剝いでしまう。

この感覚には毎度怖気がする。

鏡に映る私の姿は、みるみる白き獅子のような姿に変貌する。

額に宿る第三の眼が、今、じわりと開眼し、ぎょろりとその瞳を回した。

この第三の眼と同じ形をした瞳の化身が、私の体を囲むように、宙の右に三つ、宙の左に三つ顕現し、やはり、すっとその眼を見開く。

白沢。計九つの瞳をもって、世を見張る聖獣。

「おお……」

「あれが常世の聖獣、白沢の真の姿……」

大広間に控えていたものたちが、思わず声を漏らす。

私は今まで、この姿を晒したことなど、ほとんどなかった。

「あっはっはっは！　白夜ぁ〜〜〜っ、お前のその姿、何百年ぶりに見たかなあ。常世ではしょっちゅう見てたんだけどなあ。ああ。美しい俺に比べたら、対をなすお前は、なんておぞましい姿なんだ」

そう。

私も雷獣も、遠い遠い昔、常世よりこの隠世へと渡ってきた異界のあやかしだ。

お互いに睨み合いながら、隠世の移り変わりを見続けてきた。

雷獣。お前の目的は、いったいなんだ？

「白夜、そなたはあの大旦那が邪鬼であったことを知りながら、今まで黙っていた。それは立派な反逆の罪だ。逃げた大旦那の代わりに、そなたには夜行会まで宮殿での謹慎を命じる。……長く隠世を導いてきたそなたを傷つけたくない。どうか大人しく従ってくれ」

妖王の無感情な声のもと、私は暴かれたあやかしの姿のまま、数多くの兵により囚われる。

化けの皮を強制的に剝がされると、あやかしは急激に霊力を消耗し、弱る。

そんな私を足蹴にし、雷獣がニタリと勝ち誇った笑みを浮かべていた。

「なあ、白夜。俺と同じ、常世を捨てた聖獣よ。俺たちはお互い、この世の治世を見守る役目があったはずだ。一万と一五二〇のあやかしを知り、この世の中の害を取り除き、王を導き、隠世を平和に保ち続ける。お前は真っ当な正義を掲げるが、俺は必要悪だ。俺はお前とは違うやり方で、この隠世を守っているつもりなんだぞ。常世のようになってしまわないようにな……」

雷獣の声が遠く響いた。

まるで、水中からくぐもった声を聞いているかのようだ。

雷獣がせせら笑い、私に対し勝利を確信していた。

「飛んで火にいる夏の虫。今回は俺の勝ちだな、ざまあみろ！　大旦那をおびき寄せる餌は葵ちゃんにしたかったけど、まあこいつでもいいでしょ。天神屋には大打撃だし、面白い事になりそうだなあ」

しかし私は、そんなまどろみの中、目の前にコロンと落ちた、丸くて白いものを見た。

これは、葵君から貰った、懐にしまっていた得体の知れない菓子だ。

「ん？　なんだそれ」

雷獣もそれに気がついた。

襲い来る霊力低下の眠気を断ち切るがごとく、私はそれを迷わず咥え、齧る。

そして咀嚼する。獣らしく貪る。

この体の奥から、湧き水のごとくこんこんと溢れ出るものは、新たな霊力だ。

改めて、葵君の作る飯の威力に恐れ入る。ちょっと、珍妙な食感の菓子だがな。

しかしやはり、滾る。でかしたぞ葵君。

「……ふふふ。あははは！」

「!?」

この場の者たちは、なぜ私が笑っているのか分かるまい。

私を捕らえようとしていた猪兵たちを、私は王の目の前で、ペシッと蹴ってやった。

この姿だと簡単に屠ることができるな。

「なっ、なぜだ白夜！　あの大旦那でさえ、大鏡の前では無力同然だったというのに！」

雷獣が、私にコテンパンにやられた後みたいな小物臭い顔をしている。

「馬鹿者！　大馬鹿雷獣めが！　私はこんなものでは倒れんぞ！　というより、天神屋の次期大女将候補が、あらかじめ私に優れものを分けてくれたおかげだがな。大旦那様を救ったあかつきには、常に葵君の手製弁当を持たせるべきか……うむ、次の要会議案件」

「白夜、き、貴様……っ。わかったぞ、さっき食った白くて丸い謎のアレ……アレは津場木葵の作った食い物だったんだろう！　くそっ、またあの娘か……っ！」

津場木葵という名に、この玉座の間にいた者たちがいっそうざわめく。

妖王もまた、その目元をすぼめた。

その者、隠世では知らぬ者などいない、ある人間の男の、孫娘。

この場にいる全員の、恐れを隠しきれぬ情けない表情を、葵君に見せてやりたかったわ。

実に小気味よい。

私は白き獅子の姿のまま、玉座の間の大扉に突進し、立ちはだかる猪兵を蹴散らし、大空中回廊より外に逃れる。

私の額の第三の眼が、そして体を取り囲むように六つの眼が、慌ただしくぎょろぎょろと周囲を確認する。

暴れてやれ。そんな気分だ。

淡々とした私など、どこかへ行ってしまっていた。

「おい、見ろ！　白夜様が爆走しておられるぞ！」

「銀鳩部隊、追え追えーっ！」

鳥笛が鳴り響き、空より銀鳩部隊の兵が攻めてきたが、私は奴らを気にすることなく、ある者たちをこの九つの眼で探した。

いた。サスケ君と葵君が、ある小ぶりの塔の屋根の下に隠れ、こちらの様子をハラハラして窺っている。二人とも、私が誰だか分かっていないのだろう。

「私の背に掴まれ、二人とも！」

無数の塔の屋根を足場にそちらへ駆けていくと、私がお帳場長の白夜であると気がついたサスケ君が、葵君を抱えてカマイタチの風となり、銀鳩部隊に狙う隙も与えず、一瞬でこちらに合流した。

さすがは天神屋一の俊足。風の申し子である。

「うまくいったようだな、葵君、サスケ君」

「なんとか、でござる。敵に見つかった時はどうなることかと思ったでござるが……」

サスケ君はすっかり私の姿を受け入れ、馴染んだように語るが、一方で葵君が放心状態にある。

「どうした葵君」

「え、え？　これ、白夜さんなの⁉」

目を丸くさせ、震える指で私を指差し〝これ〟とのたまう葵君。

何を今更言っているんだ、この娘は。

「そうでござる。これが白沢の真の姿、なのでござる」

「えええええええっ！」

葵君の絶叫を小気味よく聞きながら、私は上昇した。

予定通りであれば、そろそろ……

「追え！　逃がすな‼」

銀鳩が槍を構えこちらに投げつけるが、サスケ君が私の背を足場に無数のクナイを投げ、その槍に当てて軌道を変える。

「――――参る」

一瞬の風となり、小刀を手に空を舞い、サスケ君は飛行していた鳩どもも撃ち落として
いた。流石だ。

一方葵君はもう、私の背にしがみつくだけで精一杯のようだった。

空を駆けながら、私は遠ざかる王宮を尻目に、皮肉な笑みが漏れた。

雷獣が爪を噛んでこちらを睨んでいる。ざまあみろ。

外廊下に出てきた妖王は……

やはり憂いのある、なんとも言えない表情のまま、顔をあげて私たちの行方を見ていた。

迷い。それ以上に何か、あの王の目にしか見えていない、この騒動の結末がある気がし
て……私はそれが少し気になる。

しかし物思いに耽っている場合ではない。

銀鳩部隊の特別な精鋭兵が、稲妻のような速さでこちらを追いかけてくる。

我々に追いつく勢いであったが、上空の雲中より落下してきたヤシの実によって、銀鳩
がまたしても撃ち落とされていく。

「ほう。ヤシの実とは……奴らしい粋な演出だな。間に合ってくれたか」

雲間より帯をなして差し込む光の中、一隻の宙船が降りてくる。

その船の浅葱色の帆には、六角折の紋が刻まれていた。

甲板に立つのは、鮮やかな赤毛をした一匹の犬神と、よく知る銀の九尾の狐。

「天神屋には借りがあるからな。中央相手に暴れるっていうのなら、俺たちをのけ者にしてもらっちゃ困るぜ」

不敵な笑みを浮かべ、折尾屋の旦那頭である犬神は、悠々と片手を上げ、動き出した中央の宙船に向けて、ヤシの実の大砲をお見舞いしていた。

「皆さん！　こちらへ‼」

我らが天神屋の若旦那、銀次殿の声がする。

私は事前に計画を銀次殿に知らせ、彼を通じ折尾屋への協力を依頼していたのだ。

天神屋の宙船だと、見張られていてさぞ動きづらかっただろうからな。

しかしライバル宿の折尾屋が、妖都に喧嘩を売るような真似に協力してくれるかは、この段階まで分からず、賭けのようなものだったのだが……

面白いじゃないか。

こうやって、繋がっていく。

葵君、君には結果を出せとチクチク言い聞かせてきたものだが、十分、よくやってきた。

君が美味い飯を作り、心を動かしたものたちの、これが結果だ。

第八話　勝負めし

狐でもない、狸でもない。もちろん、鬼でも。

それは変な獣。

いや、白い獅子(しし)に近い獣と言ったほうがいいかもしれない。額に第三の眼を持ち、体の周囲にも、眼を象(かたど)る模様のようなものが、慌ただしくその瞳(ひとみ)を動かしている。

まるでこの世の全てを見通すかのようだ。それは白夜(びゃくや)さんの、あやかしたる真の姿。

恐ろしくも神々しい、その聖なる獣は、私にこう語りかけた。

「葵(あおい)君。君が美味い飯を作り、心を動かしたものたちの、これが結果だ」

雲間より光の帯とともに現れた宙船(そらふね)には、折尾屋(おりおや)の乱丸(らんまる)と、天神屋(てんじんや)の銀次(ぎんじ)さんが並び立っている。

胸が熱くなった。

私の料理に、今を生きるあやかしたちを動かす力があるのなら。

やはり、それでいいではないかと、ふっきれる。私の心は晴れやかだった。

折尾屋の宙船に乗り込み、雲に隠れながら妖都を脱出する。

私たちは折尾屋の宙船の甲板で、白夜さんの背から降りる。

音もなくすっと人の姿に戻り、白夜さんは今あったことは何でもないことのように、羽織を叩いたりして身なりを整えていた。

「よお、天神屋の愚か者ども」

「バフバフ」

乱丸だ。乱丸と会うのは夏の儀式以来だが、相変わらず偉そうに踏ん反り返り、肩にかけている浅葱色の羽織を翻している。しかし腕に折尾屋のマスコット犬・ノブナガを抱えているので、いまいちきまらない。

乱丸はチラリと私を見下ろして、フンと鼻で笑った。

「王宮に乗り込もうなんざ、随分と無茶な提案をしたみたいじゃねーか、津場木葵」

「そっちこそ、あからさまに喧嘩を売るようなことをして大丈夫なの？」

「はっ。妖都の連中は南の地の儀式を見ているだけで、俺たちに何の手も貸してはくれなかった。そんな奴らに今更何を遠慮することがある。言ったろう。天神屋には借りがある。それだけだ」

どことなく、儀式のあったあの頃より、落ち着きと余裕を感じる乱丸。

一つの八葉の長としての威厳を感じる。

「白夜。お前までこんな無茶をしでかすとはな。話を聞いた時はたまげたぜ。そこの女に感化でもされたのか？ さあ、ここから先はどうするつもりだ」

「ふん。若造に呼び捨てにされるのは癪だが、こちらに協力してもらった手前、無礼は許そう。……さあて、次に向かうは、北だ」

白夜さんはハタハタと顔を扇いでいた扇子を閉じ、その先端で北の方角を指す。

銀次さんが耳をピンと立て、「北の地……」と顎に手を添える。

「なるほど、あそこは古い時代より氷人族の一族が代々治める土地。他の八葉と違い、氷に閉ざされた独自国家のような毛色が強いですからね」

「ああ。最近ちょうど長が代わり、春日君が嫁入りした土地だ。あの土地にも問題は山積みだが、かつては妖王家と対等に渡り合っていた歴史がある故、味方につけることができれば影響力があるのだ。ただ、独特な空気のある閉鎖的な土地でもあるため、我々が歓迎を受けるかはわからんな」

「しかし北の地と良い交渉ができれば、力になってもらえる可能性は十分にあります。あそこは中央との繋がりも浅いですし、隣接する鬼門の地と連携する利益は十分にあると思いますが……確かに排他的なところがあるので、問題は他の土地の事情に関わってくれるかどうか、というところですかね」

「春日君が、良い架け橋になってくれればと思うが……」

ここで会議が始まってしまいそうな流れだったのだが、途中白夜さんが眉間にシワを寄せ、「はああ」とため息をついたのだ。

「どうしたの白夜さん。もしかして怪我でもした？　体調が悪いとか？」

「いや、どうにもこうにも、思考が散ってしまってな。数百年ぶりに化けの皮が剝がれたので、反動が大きい。あちらが本来の姿だというのにな。……すまない、続けようか」

不調そうだが、地図を持ってきた乱丸とあれこれ話をしている白夜さん。

大丈夫だろうかと思っていると、サスケ君に袖を引っ張られた。

「お帳場長殿は、おそらく空腹なのでござる」

「え。空腹？」

そして私は彼に、耳元でごにょごにょとある提案をされる。

「葵殿、何か作ってやって欲しいのでござる。できれば……おでんがいいかと」

「……おでん？」

このおでん、という私のつぶやきを聞き漏らさず、その狐耳をピンと立てたのは銀次さんだ。銀次さんはさりげなくこちらにやってきて、笑顔で口元に指を当てる。

「？」

ちょうど白夜さんと乱丸が、今後についてあーだこーだ意見を言い合っていて、こちらには無関心だった。銀次さんはその隙に私を手招きしたのだ。

「おでんを作られるのでしたら、私にいい考えがありますよ」

銀次さんは甲板の反対側へと私を連れて行き、大きな布を被せられた積荷のようなものを指差す。

「これ、なんだと思います？」

「なに？　コンテナ⁇」

「いいえ、これはですね……」

銀次さんはニヤリと笑みを作り、その布を思い切り剝いだ。

「なんと、夜ダカ号です！」

「ええっ！」

私はびっくり仰天。確かにそれは、綺麗に磨かれた夜ダカ号だ。

なぜここに夜ダカ号が⁇

「どうして？　星華丸にあるはずじゃ……」

「実は私が無理を言って、折尾屋の船に運ばせてもらいました。これがあれば、葵さんがどこでも料理ができるかなと思いまして」

「もしかして、銀次さんが運転したの？」

「はい！　実は私、こう見えて現世の普通免許持ってますから！」

「えええええ」

夜ダカ号より、そっちの方が驚きだ。

銀次さんいわく、現世出張の際に車の免許があった方があちこち行きやすいとかで、短期休暇をとって普通免許を取りに行った事があるんだとか。

「このワゴン、確かおでん鍋が備わっていたと思います。こちらでおでんを作ってはいかがでしょう。振舞いやすいと思うのですが」

それ素敵だ。まるでここで夜ダカ号の営業をするみたいで、私は心ときめく。

「この時期のおでんですと、年の締めに天神屋の皆で食べるおでんの宴を思い出します。それは天神屋創設時からある、伝統のようなものだと、昔聞いた事が。白夜さんに、ぜひ振舞ってあげてください」

「ええ！　やるわ、私」

しかし待て。一番大事なものがない。

そう、おでんの材料だ。

「「それなら問題ないよ」」

「!?」

背後から聞き覚えのある声がして、ハッと振り返る。

そこには同じ顔をした白髪と黒髪の双子のあやかしが並んでいた。

この二人は折尾屋の料理人、白鶴童子(はくつるどうじ)と黒鶴童子(こくつるどうじ)の、戒と明だ。

「久しぶり、津場木葵」

「こんなところでも何か作ろうなんて、相変わらずの料理馬鹿だね」

抑揚のない口調だが、まっすぐ私を見つめる瞳には、キラリと純粋な光が灯(とも)っている。

同じ、料理馬鹿の目の光だわ。

「戒さんと明さんは、この船の料理人なんですよ」

銀次さんは二人の存在をとっくに知っていたみたい。

「年末の夜行会まで」

「僕ら乱丸様についていく料理人」

「材料ならうちのを使っていいから」

「乱丸様には後で報告すればいいから」

双子はというと、相変わらずゆるゆるだ。本当にいいのだろうか⁉

二人は、調理場付きの大きなワゴン車を見上げて「おお」と口を丸くしている。

「すごいねこれ」

「調理場なの？」

「ええ。簡易だけど、調理販売にはもってこいよ。ねえ戒、明、今から一緒に〝おでん〟を作らない？　どうやら天神屋の〝勝負めし〟みたいだから」

「おでん……」

「いいね」

そして二人は顔を見合わせ、ニンマリと笑い、

「厨房に来て！」

「いい食材が、いっぱいあるから」

私の手を引いて、この船の厨房へと連れて行った。

銀次さんとはいったんここで別行動となり、彼は白夜さんの元へと戻ったみたいだ。

「わああ、妖都野菜がいっぱい」

二人は妖都出身の料理人ということもあり、妖都野菜を安く手に入れるお店を知っていたらしく、先ほど買い揃えたということだ。

あの固めで美味しい都岩豆腐も、塊のまま桶に収まっている。

「ねえ見て。折尾屋の特産物の練り物もたくさんあるよ。これおでんに必須」

「本当は営業用だけど、まあちょっとくらい使ってもいいよね」

「相変わらずそういうとこルーズねえ」

戒、明はこの厨房の大きな冷蔵庫から、様々な練り物のサンプルをごそごそと取り出す。

南の地は海に面し、豊富な魚介が獲(と)れるので、魚のすり身を加工し、無添加で美味しい練り物をたくさん作っているみたい。

定番のちくわに、はんぺん。

またごぼう天、やさい天などのさつま揚げみたいなものもある。こういうのも特産物として、お宿で売っているのね。

「油揚げもたくさんあるから、餅巾着(もちきんちゃく)や肉詰めのいなりも作ろう」

「都岩豆腐もある。揚げて厚揚げを作ろう」

「がんも、がないわね。がんもを手作りしないといけないわね」

「あ、なら僕作るよ。そういうの得意」

材料をあらかた揃えたところで、それぞれ役割分担をし、広いこの厨房で下ごしらえを済ませる。

おでん汁となる出汁(だし)担当の戒。

彼には、昆布と鰹節(かつおぶし)で、しっかりとした出汁を取ってもらう。あっさりとしつつも、王道で奥深い出汁を作るのが、彼は得意なのだ。

また、がんもを担当してくれたのは、明。

さすがに妖都の料亭で働いていたこともあり、この手のお料理は得意だ。豆腐をすりつぶし、ひじきや刻んだ人参、大葉などを混ぜ合わせて、きつね色になるまで揚げる。そのまま食べても美味しそう。おでんの具にして食べるのが楽しみ。

私はというと、それ以外の作業を担った。

野菜を切り、必要に応じて下茹でを済ませ、またゆで卵を作って殻を剝く。

こんにゃくには隠し包丁を入れておく。火の通りを良くし、味を染み込ませるためだ。

すべての具材の下準備を終えたところで、これらを夜ダカ号へと運ぶ。

具で区切ることのできる、おでん屋台などでよく見かけるあのおでん鍋に出し汁を注ぎ、煮えにくく、時間をかけて味を染み込ませるものから順番に鍋に入れ、煮込む。

まずは大根などの根菜や、卵。その後は、昆布巻きや、こんにゃく、後に練り物……と順番に具を入れて煮ていく。

揚げたてがんも、はんぺんなどを最後に入れたら、上からさらさらとおでん汁をかけ、間もなくして出来上がり。

あつあつしみしみの、冬のおでん。

「ちょっと味見……」

正直私もお腹が空いていたので、明の手作りがんもだけ、味見という名のつまみ食いをしてみた。

まだ外側のカリッと感の残っているうちに、おでん汁にちょっとだけ浸して食べるのもかなり贅沢。これから、これでもかっていうくらいおでん汁を吸い込むので、ジューシーながんも……とっておきの楽しみだ。

「おい、いったいこれは何だ！」

「何っておでん屋台よ」

微妙に眉を引きつらせて大声で問いかけたのは、乱丸だった。

しかしやはり、おでんの香りに誘われてしまい、誰もがこの夜ダカ号の前に集っている。

「なんだ葵君。おでんなんかこしらえて」

「なんかって何よ白夜さん。白夜さんのために作ったのよ」

白夜さんは「は？」という顔をしていたが、銀次さんとサスケ君が妙にニヤニヤしているので、状況を察した様子だ。

しかしゴホンと咳払いしただけで、なんだか涼しい顔をして扇子で顔を扇いでいる。

これはきっと、食べてくれるという意味だ。

「よし、みんな、好きな具を言って！　今日の夕がお出張店夜ダカ号は、おでん屋台よ！」

乱丸は「こんな場所で飯を」と相変わらず呆れ返っているが、白夜さんと銀次さん、サスケ君は乗り気のようだ。

この時期に食べるおでんに、特別思い入れがあるのだろう。

「冬はやっぱりおでんでござるな」

「これからが正念場ですからね。葵さんの手料理を食べて、来たるべき戦いに備えておかなくてはなりません。いわゆる、天神屋の勝負めしです」

「そうね銀次さん。腹が減っては軍はできぬって言うしね」

　この言葉に、白夜さんがふっと笑う。

「戦をしにいくわけではないがな。しかしまあ……おでん、か。確かに今一番、私が食いたかったものだな」

　白夜さんは、大根、卵、がんも、ごぼう天、こんにゃく、海老芋。渋いが定番のチョイス。

　銀次さんは、餅巾着、肉団子入りいなり、卵、大根、厚揚げ。狐らしいチョイス。

　色々言ってた乱丸も、牛すじ、タコ串、しらたき、ちくわぶ、はんぺん、やはり大根と卵などを要求した。練り物多めのチョイス。

　それにしても、卵と大根は誰もが選ぶわね。

　かくいう私も、おでんといえば卵と大根が一番好き。チビもそこで、小皿によそった卵と大根を、フーフーしてかぶりついている。

　おでん汁をたっぷり染み込ませた柔らかい大根は、熱々なのを口の中で噛みほぐし、旨みを味わっているうちに、気がつけば溶けてなくなっている。

ぷるんと張りのいい出汁色卵は、まず半分に割って、黄身の部分が汁に溶けそうなところでパクッといただくのが至高の贅沢。

やっぱりおでんって美味しい。熱々だけど、優しい味で、身体の底から力が湧いてくる気がする。

「ところで葵君、おでんの起源を知っているかね」

「え、何。突然どうしたの白夜さん」

船の上でおでんを楽しんでいる中、白夜さんが機嫌良さそうに、そんな話を始めた。

さっきまでお疲れ気味だったが、ちょっとは元気になったみたい。

「おでんとは、もともと豆腐で作った田楽からきていると言われている。田楽、お田楽、おでん、という流れのようだ」

「へえ。それは知らなかったわ。田楽って、豆腐を串に刺して、味噌を付けて焼いたお料理でしょう？」

「ああ。現世でいう室町の時代に流行った、簡易な食い物だ。昔は私もよく食べたものだが……」

今日の白夜さんは、どうにもいつもと調子が違う。ご飯の話なんて、普段は滅多にしないのに。

しかしそこで、私は思い出す。

そういえば厨房に、妖都で手に入れたのであろう、大きな都岩豆腐が余っていたなって。

あれで味噌田楽、作れるんじゃないかなって。

「よし！　なら田楽も今から作るわ」

「…………」

白夜さんが、まるでしてやったりみたいな顔をしている。

あれ、私、まんまと促されてる？

まあ、それでもいいか。これが白夜さんなりのおねだりと思えば可愛い気もする。

厨房より豆腐、味噌などを双子に持ってきてもらい、夜ダカ号が備えていた七輪に火を熾(おこ)し、甲板で田楽を焼いて振舞う私。

またお料理をしている私に、皆呆気(あっけ)にとられたような、引いているような、もしくはやれやれというような顔をしていたが、気にしない気にしない。

せっかくの都岩豆腐だもの。

これを四角く切って竹串に刺し、赤味噌に、砂糖、みりん、酒を混ぜ合わせた特製味噌ダレを豆腐の表面に塗って、七輪で焼くだけ。

香ばしい、甘い味噌ダレの焦げた香りが漂い始めて、誰もがこの味噌田楽の存在を気にし始める。ええ、あやかしには無視できない香りだと思うわ。

もっと嗅いでごらんなさいといわんばかりに、皆の方に、団扇で煙を扇ぐ。

ハタハタハタハタ……

「どうした葵君。今日はやけに張り切るではないか。先ほどサスケ君から聞いた報告によれば、宮中にてあのザクロにかなり言われてしまったらしいが？」

「えっ！　葵さん、そうなんですか⁉」

白夜さんより、銀次さんの方がオロオロと心配してくれたが、私は七輪から目をそらすことなく「そうね」と苦笑する。

「私の料理は、一時的に持ち上げられても、その後に残っていかないと言われたわ。でも、おかげで半端な気持ちだったのを引き締めてもらった気がするの。自分にできることって、とてもちっぽけだけれど、なら私にしかできないことを、全力でやろうって」

自分一人では大旦那様を助け出すことはできない。

天神屋みんなの力が必要で、私の役割はきっと、その一人一人にある〝勝負めし〟を食べてもらい、全力を出してもらうこと。改めてそれを、自分の役割と理解した。

その中で、もっともっと私にできることも探しながら、たどり着きたい。

大旦那様のもとへ。

大旦那様の戻ってこられる、天神屋へ。

「私、思ったの。自分の料理を遠い未来に残すことや、いつかの名声ではなく、今、生きているひとたちが大事よ。大切なひとたちを元気付けられる、後押しができる料理を作っていきたいわ。……そのうちに忘れられてもいいから」

自分に言い聞かせるように言った言葉だった。

しかしその言葉に、白夜さんがハッとしたような顔をしていた。

「どうかした？　白夜さん」

焦がし味噌の美味しそうな、焼きたての田楽を一本「はい」と手渡しながら。

白夜さんはそれを受け取り、そのままの表情で田楽を見つめている。

「前にも、そんなことを言っていた女がいたな。意味合いは全く違うかもしれないが……」

「白夜さん？」

やがて田楽を見つめる白夜さんの目元は、彼らしくない、甘く柔らかく、愛おしそうなものに変わる。

そうして、やっと気がついた。

それって……もしかして……

「ああ、かつて私の妻だった女の話だ。……大丈夫。自分を救ってくれた者のことは、どれほど時が経っても、忘れることはないよ、葵君」

「…………」

銀次さんや乱丸は、白夜さんに奥さんがいたというこの一点に死ぬほど驚き、おでんや田楽を食べているポーズのまま固まっていたが、私は、白夜さんが私に伝えたかったことの意味を、しみじみ受け取る。

白夜さんは時に厳しい。

しかし誰より長く生きてきた分、その言葉は深く沁み込んで、涙がこぼれてしまいそうなほど、熱く響く。まるでお出汁の効いた、熱々のおでんのよう。

ええ、そうね。

私もその言葉を、きっと忘れないわ。

さあ、次の舞台へ向かおう。

宙船は、いよいよ北の地と中央の平野を隔てる広大な山地の上空へとさしかかっていた。

あとがき

こんにちは。友麻碧(ゆうまみどり)です。

今回、ほとんど大旦那(おおだんな)様いなかったねえ……表紙にもいないねえ……（実は表紙にいるのですが、皆様お気づきでしょうか？）

しかしビッグなニュースもありますからね。帯などにもデカデカと書かれているはずですので、もう皆様ご存じかと思います。

なんとなんと、かくりよの宿飯がＴＶアニメ化でございます‼

……ぽかーん。

いやいや本当ですよ。私もいまだ信じられませんが、もうすぐ動いて喋(しゃべ)る葵(あおい)ちゃんと大旦那様と天神屋(てんじんや)の皆が観られるというわけです。

放送時期やキャストなどの情報は順次解禁されていく模様です。

めでたいですねえ。嬉(うれ)しいですねえ。楽しみですねえ。

アニメ化なんて夢のようです。絶対に手に届かないと思っていた、想像もしていなかった結果です。

でも作者としてはちょっと不安もあります。果たして自分の作品が、映像（アニメ）というコンテンツに耐えうるものであるのか。

だけど、不安な時には、思い出すこともあります。

かくりよの宿飯を書き始めた頃のことです。

その頃、私はとっても落ち込んでいました。前作が打ち切りになっちゃったからですね。大事な作品をダメにしてしまって、自分はなんて不甲斐ないやつなんだと、なんだかもう、このさき自分の書いたものが結果を出す未来が見えなかったのです。

しかしそういうネガティブな自分を乗り越えたくて、必死に書き上げたのがかくりよの宿飯一作目「あやかしお宿に嫁入りします。」でした。

無事にシリーズ化し、こつこつ書き続けることで世界も広がり、キャラクター達にも彩りが増え、気づかぬうちにどんどん大きく、立派に育ってくれました。

かくりよの宿飯は、私を小説家として救ってくれた作品です。アニメ化をしたいと言ってくださった方々の元へ、自信を持って送り出さねばと思います。

小説はもう少し続きますし、コミカライズ版もまだ続きます。そこにアニメという新たな表現が加わり、より愉快で賑やかな作品になれば嬉しいですね。

ここまでくると私一人の物語ではなく、富士見L文庫とその担当編集さん、イラストレーターのLaruhaさん、ビーズログコミックスと漫画家の衣丘さん、アニメスタッフさん、そして読者の皆様とで作るコンテンツです。

皆様にはぜひ、アニメになることでもう一歩大きく足を踏み出す「かくりよの宿飯」を見守っていただけたら。そして、共に盛り上げていただけたらと思っております。

最後になりましたが、担当編集様。何かと混乱していた友麻にたくさんのアドバイスをくださり、本当に助かりました。この巻は編集様がいたからこそ仕上がったと思っております。またイラストレーターのLaruha様。今回の表紙も美しく描いてくださりありがとうございました。特にサスケ君と砂楽博士は初登場ということで、私も彼らを拝めて感無量です。Laruhaさんがイラストにしてくださると、そのキャラがいっそう好きになりますね。

そして、読者の皆様。

かくりよの宿飯がアニメ化することになったのは、読者の皆様の応援があったからこそです。本当にありがとうございます。私はまたこつこつ書き続けますので、これからのかくりよの宿飯と、ついでに友麻もどうぞよろしくお願いいたします。

次の巻は春頃を予定しております。アニメも、お楽しみに！

友麻碧

お便りはこちらまで

〒一〇二―八五八四
富士見L文庫編集部　気付
友麻碧（様）宛
Ｌａｒｕｈａ（様）宛

富士見Ｌ文庫

かくりよの宿飯　七
あやかしお宿の勝負めし出します。

友麻 碧

2017年11月15日　初版発行
2025年１月30日　25版発行

発行者　山下直久
発　行　株式会社 KADOKAWA
〒102-8177　東京都千代田区富士見2-13-3
電話　0570-002-301（ナビダイヤル）

印刷所　株式会社 KADOKAWA
製本所　株式会社 KADOKAWA
装丁者　西村弘美

定価はカバーに表示してあります。　◆◇◇

●お問い合わせ
https://www.kadokawa.co.jp/（「お問い合わせ」へお進みください）
※内容によっては、お答えできない場合があります。
※サポートは日本国内のみとさせていただきます。
※Japanese text only

ISBN 978-4-04-072472-0 C0193